Thomas Gelfert

TESTAMENT7

Das Pergament des dritten Zeugen

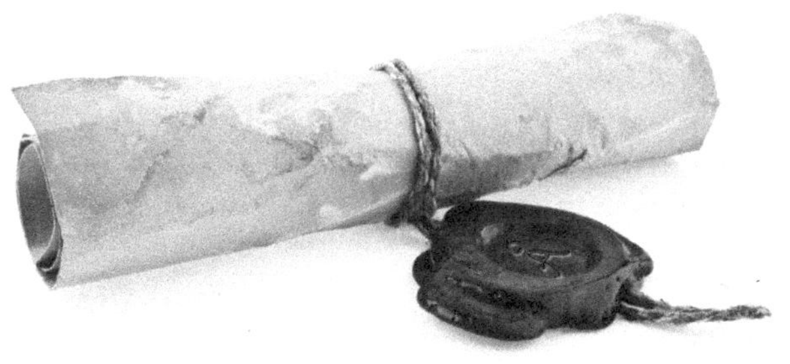

Thomas Gelfert
Testament7: Das Pergament des dritten Zeugen

Best.-Nr. 271 584
ISBN 978-3-86353-584-1
Christliche Verlagsgesellschaft Dillenburg

Die Bibelstellen wurden zitiert nach:

1. Auflage

www.cv-dillenburg.de
Umschlaggestaltung: Thomas und Claudia Gelfert
Satz und Illustration: Thomas Gelfert
Umschlagmotiv: © Thomas Gelfert
Druck: GGP Media GmbH, Pößneck
Printed in Germany

Inhalt

Die Heldenehrung

Kapitel 1

In den vergangenen Wochen hatte der Herbst viele schwere Regenfälle gebracht. Heute war der erste Tag, an dem sich die Sonne endlich wieder einmal ihren Weg durch die Wolken bahnen konnte. Vergnügt spazierte Sarah die kleine Anhöhe hinauf. Voller Vorfreude betrat sie den Pferdehof Sonnentau.

„Hallo Sarah!" Berthold winkte ihr fröhlich zu, als er sie entdeckte. Er und seine Frau hatten den Hof vor vielen Jahren wiederhergerichtet und ihn zu einer kleinen Oase für Pferde gemacht. „Das ist aber schön, dass du vorbeikommst. Du bringst uns endlich die Sonne mit."

Sarah lächelte, ging auf ihn zu und umarmte den stämmigen Mann. „Na ja, weißt du, heute war erst einmal der letzte Schultag. Endlich Herbstferien!" Während sie gemütlich zu den Pferdeboxen schlenderte, schnupperte sie die typische Pferdeluft. Sie blieb stehen und schloss die Augen. Eines der Pferde wieherte gerade. Von weiter hinten waren trabende Schritte zu hören, als sie plötzlich heißen Atem neben ihrem Ohr spürte. Etwas erschrocken öffnete sie die Augen und drehte sich um.

„Na du?", begrüßte ihre Freundin Franziska sie mit einem neckischen Blick. Sie hatte ihr Pferd kurz hinter Sarah zum Stehen gebracht und ließ es an Sarahs Haaren schnuppern.

„Ach, du bist es, Franzi!", lachte Sarah und streichelte den braunen Hengst wehmütig. „Dein Pollux ist ein wirklich schönes Pferd."

„Ja, danke! Du wirst bestimmt auch noch ein eigenes bekommen, Sarah", versuchte ihre Freundin sie zu trösten.

„Ganz bestimmt!"

„Hm, meinst du?"

„Bist du wieder mit Celine verabredet?", wollte Franziska wissen.

„Ja, allerdings hab ich sie noch nicht gefunden."

Franziska setzte ein nachdenkliches Gesicht auf. „Das sieht ihr gar nicht ähnlich. Ich kenne niemanden, der so pünktlich ist wie Celine. Soweit ich weiß, hat sie heute noch keiner gesehen."

„Ihr Pferd ist auch nicht da", warf einer der Pferdepfleger ein, der gerade vorbeikam. „Wahrscheinlich ist sie schon früh mit Florence ausgeritten."

In diesem Moment kam Petra, die Frau des Pferdehofbesitzers, angerannt. „Schlimme Nachrichten!", rief sie gehetzt. „Celine hatte einen Unfall und wurde gerade ins Krankenhaus eingeliefert. Ein paar Wanderer haben sie zufällig im Wald gefunden und den Notarzt alarmiert. Auf Celines Wunsch hin haben sie gerade bei uns angerufen, um ..."

„Oh nein!" Sarah riss die Augen auf. „Ich muss sofort zu ihr." Sie machte auf dem Absatz kehrt und rannte vom Hof. Völlig aus der Puste erreichte sie das Krankenhaus. Sie musste sich erst einmal an der Eingangstür festhalten und kurz verschnaufen. Eine Krankenschwester bemerkte sie und kam schnell auf sie zu.

„Hey du, alles in Ordnung bei dir?"

„Ich ..." Sarah hechelte noch immer. „Ich ... möchte zu Celine. Bei Ihnen wurde gerade eine Frau eingeliefert, die einen Unfall hatte. Sie heißt Celine. Celine Maxwell. Uff."

„Aha. Und du bist eine ... Angehörige?", fragte die Krankenschwester nach.

„Ähm, nein. Aber eine gute Freundin. Wir waren für heute verabredet. Aber sie ist nicht gekommen. Dann habe ich von ihrem Unfall gehört."

„Von wem hast du das denn erfahren?"

„Jemand hat auf dem Pferdehof angerufen, also auf Pferdehof Sonnentau“, erklärte Sarah.

„Ah, jetzt verstehe ich. Wie heißt du?“, vergewisserte sich die Krankenschwester.

„Sarah Flemiger.“

Mit einem raschen Blick auf die Uhr erklärte die Krankenschwester: „Okay, vielleicht haben wir noch Glück. Komm, schnell!“

„Wieso Glück?“

„Frau Maxwell wird gerade für die OP vorbereitet. Sie wollte dir aber unbedingt noch etwas ganz Wichtiges mitteilen.“

Sarah wurde es ganz mulmig zumute. Celine sollte operiert werden? Mit jedem Schritt hoffte sie inständig, dass es nicht so schlimm sein mochte.

Die Schwester öffnete eine Tür und sagte zu Sarah: „Warte bitte einen Augenblick hier.“

Kurz darauf trat ein Arzt an die Tür und musterte die junge Besucherin. Mit freundlicher Stimme fragte er: „Du bist Sarah, richtig?“

Sarah nickte wortlos.

„Frau Maxwell hatte sehr große Schmerzen. Deshalb mussten wir sie bereits vorbereiten“, erklärte der Arzt in ruhigem Ton.

„Vorbereiten?“ Sarah verstand nicht.

„Wir müssen sie schnell operieren. Zu diesem Zweck ist eine Vollnarkose unumgänglich. Dadurch ist sie im Moment leider nicht ansprechbar.“

„Also bin ich zu spät.“ Sarah sackte in sich zusammen.

Der Arzt versuchte sie wieder aufzumuntern. „Hey, Kopf hoch! Alles wird gut.“

„Was ist denn eigentlich passiert?“, fragte Sarah zaghaft.

„Frau Maxwell hatte einen schweren Reitunfall. Weitere Details darf ich dir aber leider nicht mitteilen. Das verstehst du sicher.“

Sarah zuckte schwach mit den Schultern und wollte schon wieder gehen.

„Warte mal!", rief der Arzt ihr hinterher. „Sie hat mir noch eine Botschaft anvertraut, die ich dir unbedingt mitteilen soll."

Erwartungsvoll schaute Sarah auf.

„Mit Nachdruck hat sie mir erklärt, dass du Florence finden musst. Du wüsstest Bescheid."

Sarah riss die Augen auf. „Ach, du meine Güte!", platzte es aus ihr heraus. „Muss los!" Eilig rannte sie nach Hause.

Dort angekommen eilte sie zum Telefon und alarmierte ihr Team. Kurze Zeit später trafen Paul, Samuel und Dominik, ihre drei besten Freunde, bei ihr zu Hause ein.

„Hi, Sarah!", begrüßte Samuel sie zögerlich.

Paul folgte ihm auf dem Fuß. „Was gibt's denn Dringendes?"

„Hab ich das richtig verstanden?", fragte Dominik. „Es gibt einen Notfall?"

„Allerdings!", erklärte Sarah mit ernstem Blick. „Danke, dass ihr so schnell gekommen seid."

„Aber klar doch. Wenn ein Freund in Not ist, sind wir natürlich zur Stelle", sagte Samuel. „Worum geht es?"

Sarah holte tief Luft. „Wir müssen schnell handeln. Florence ist ausgebüxt."

„Florence?", fragte Paul.

„Celines Pferd."

„Was denn? Einfach so?", fragte Dominik erstaunt.

„Nein." Sarah schüttelte den Kopf. „Celine war heute Morgen mit ihr ausreiten. Schon ganz früh."

„Aber es war doch überall klatschnass!" Paul hob eine Augenbraue und überlegte, was da alles passieren konnte.

„Ja. Vielleicht war das auch das Problem. Sie hatte einen Unfall, wahrscheinlich sogar mit ihrem Pferd. Details kenne ich auch nicht. Es war großes Glück, dass sie von einigen Wanderern gefunden wurde."

„Oha!", hauchte Dominik.

Paul machte seine Augen zu Schlitzen. Das bemerkte Samuel. Grinsend stupste er ihn an und meinte: „Hm, diesen Blick kenne ich doch."

„Keine Frage. Wir organisieren eine Suchaktion für Celines Pferd! Wir werden Florence finden. Versprochen!", rief Paul siegessicher aus. „Wir brauchen Papier, Stifte und eine Landkarte."

Sarah flitzte los und suchte alles zusammen.

In den nächsten Minuten planten die vier Freunde die Suchaktion für Celines Pferd. Paul organisierte alles. Während Dominik sich auf sein Fahrrad schwang, erklärte Samuel sich bereit, mit seiner Drohne den Wald und die angrenzenden Felder abzufliegen. Eine Sondererlaubnis dafür holte er sich schnell bei Freddy ein, ihrem befreundeten Polizeimeister vor Ort. Sarah und Paul telefonierten wie die Weltmeister, um weitere Helfer zu engagieren. Paul konnte auch Kontakt zu den Wanderern aufnehmen, um zu erfahren, wo sie Celine gefunden hatten.

Fast zwei Stunden lang durchsuchten sie die nähere Umgebung von Villstein. Ohne Erfolg.

Schließlich schlug Paul vor, den Unfallort noch einmal genauer zu untersuchen. Er bestieg sein Mountainbike und wollte auf Sarah warten. „Nimmst du dein Bike nicht mit?"

Sarah überlegte kurz. „Hm, nein. Warte!" Sie verschwand in der Garage und kam mit einem Seil über der Schulter wieder zurück. „Wenn wir Florence finden, werde ich sie entweder zurückführen oder -reiten. Da wäre mir das Fahrrad im Weg."

Paul nickte, stieg wieder ab und schob sein Rad. Unterwegs beschäftigte ihn eine Frage. „Sag mal, warum machen wir eigentlich so eine Aufregung um das Pferd? Also, versteh mich nicht falsch. Ich will nicht sagen, dass es egal wäre, aber mir scheint die Aufregung recht groß zu sein, es ist doch nur ein Pferd."

Sarah seufzte. „Du hast echt keine Ahnung von Pferden, oder?"

Paul schüttelte den Kopf.

„Schau, Florence – also Celines Pferd – ist ein besonderes Pferd. Es ist ein sogenanntes Holsteiner mit ausgewählten Zuchtvorfahren. Mit Florence hat Celine schon ein halbes Dutzend Turniere gewonnen."

„Ach, du meinst so etwas wie Springreiten", überlegte Paul.

„Ja, genau, und Dressur. Florence ist ein absolut perfektes weißes Pferd. Es ist majestätisch, kraftvoll und ausdrucksstark. Davon abgesehen hat Celine es schon sieben Jahre lang trainiert. Sie kennt es von seiner Geburt an."

Paul nickte. „Okay, so langsam verstehe ich."

„Das klingt zwar jetzt etwas komisch, aber ... Florence ist auch finanziell gesehen sehr wertvoll."

„Ach ja?"

Sarah nickte. „Ungefähr der Wert eines Mittelklassewagens."

„Wow!" Paul staunte nicht schlecht.

Als sie die Unfallstelle erreicht hatten, lehnte er sein Fahrrad an einen Baum, hockte sich hin und beäugte den matschigen Boden. „Kein Wunder, dass sie hier ausgerutscht sind." Mit der Hand wies er zum Berghang. „Schau mal, hier muss es einen Erdrutsch gegeben haben. Alles ist total matschig und glitschig. Mittendrin große Steine und Wurzeln."

„Echt gefährlich, so dicht neben der Böschung." Sarah stand am Rand und schaute etwa drei Meter in die Tiefe.

Halblaut fragte Paul: „Ist sie da hinuntergestürzt?"

Sarah schüttelte langsam den Kopf. „Ich weiß es nicht. Aber ihre Verletzungen müssen wohl ziemlich schwer gewesen sein."

Inzwischen war Paul nach unten geklettert und untersuchte den Berghang. „Oha."

„Was hast du gefunden?"

Paul stieß langsam den Atem aus. „Ich fürchte, hier haben wir tatsächlich den Unfallort gefunden." Er strich mit dem Finger über eine aus dem Matsch ragende Wurzel und roch an der Flüssigkeit, die nun am Finger klebte. „Kein Zweifel, das rote Zeug hier an der Wurzel ist Blut."

Unwillkürlich zuckte Sarah zusammen.

Als Paul wieder hochgeklettert war, schlug er vor: „Wir sollten Spuren suchen. Kennst du dich damit aus?"

Sarah hatte Mühe sich zusammenzureißen. „Ja, ein wenig." Mit prüfenden Blicken suchten die beiden die Matschgrube und das angrenzende Terrain ab, um herauszufinden, in welche Richtung das Pferd gerannt sein könnte.

„Hier! Ich glaub, ich hab was!" Sarah bückte sich und strich mit dem Finger über einen Abdruck. „Wenn ich nicht irre, sind das hier Florence' Hufspuren."

„Gut, dann los!"

Mit etwas Mühe folgten die beiden den Spuren durch den Wald, über eine schmale Wiese, bis zu einem kleinen Bergbach.

„So ein Mist. Hier endet die Spur", jammerte Sarah. „Was machen wir jetzt?" Mutlos setzte sie sich auf einen großen Stein.

„Hm." Paul hob die Schultern. „Keine Ahnung."

Auf einmal hellte sich Sarahs Gesicht auf. „Ha! Ich weiß, was wir machen können!"

„Was?"

„Um Hilfe rufen!"

„Aber Sarah, das haben wir doch schon gemacht. Wir haben über ein Dutzend Leute losgeschickt, die ..."

„Nein. Das meine ich nicht. Wir haben einen großen Fehler gemacht. Wir haben Gott nicht um Hilfe gebeten", erklärte sie betrübt. „Komm, lass uns beten und denjenigen um Hilfe bitten, der den Überblick über alles hat."

Gemeinsam baten Sarah und Paul Gott um seine Hilfe und um Bewahrung des Pferdes.

Dann stand Sarah wieder auf und lauschte.

„Und was jetzt?", fragte Paul ungeduldig.

„Hm ... horch doch mal!", sagte sie. Sie breitete die Arme aus und sagte leise: „Hier ist es so wunderschön, so friedlich."

„Ruhe sanft“, witzelte Paul und lauschte dem Plätschern eines kleinen Waldbaches.

Auf einmal spitzte Sarah ihre Ohren. „Pssst!“

Paul hielt die Luft an.

„Ich denke, ich habe etwas gehört“, flüsterte Sarah. Auf einmal hob sie den Zeigefinger. Sie schien ein Aha-Erlebnis zu haben. „Ich glaube, ich weiß, wo Florence ist. Bleib hier!“

Schon hüpfte sie über den kleinen Bergbach und verschwand im Dickicht des Waldes.

Zurück blieb ein verwunderter Paul.

Vorsichtig bahnte sich Sarah einen Weg durch die Büsche, die hier so dicht gewachsen waren, dass sie fast wie eine Mauer wirkten. Niemand konnte sehen, was sich dahinter verbarg. Oder wer. Kaum hatte sie die letzte Hecke leicht auseinandergeschoben, hörte sie ein nervöses Schnauben.

„Da bist du ja!“, flüsterte sie.

Vorsichtig kroch Sarah aus dem Unterholz heraus und ließ die Büsche hinter sich. Vor ihr befand sich eine nervöse Stute, die unruhig neben einem kleinen Bergteich oder vielmehr einer Pfütze hin und her trabte.

„Jetzt wird alles wieder gut, Florence“, sagte sie in ruhigem Ton. Sie setzte sich auf der gegenüberliegenden Seite des Miniteiches hin und wartete. Dabei ließ sie das Pferd keinen Moment aus den Augen.

Während sie so dasaß, fragte sie sich unwillkürlich, was Paul wohl inzwischen machte. Ob er auch so viel Geduld beweisen würde? Bisher hatte sie ihn eher als aktionsreich und unternehmungslustig kennengelernt. Sie ertappte sich dabei, wie sie ihn ein ganz klein wenig bewunderte.

Auf einmal blieb das Pferd stehen. Seine Atmung wurde langsamer. Es drehte den Kopf in Sarahs Richtung. Dann kam es zaghaft, Schritt für Schritt, auf Sarah zu. Immer näher. Bis es direkt vor ihr stand. Noch immer bewegte sich Sarah nicht vom Fleck. Als das Pferd schließlich den Kopf senkte und Sarah seinen Atem spüren konnte, murmelte sie ganz ruhig: „Ja, so ist es gut." Sie streichelte den Kopf der Stute, stand langsam auf und klopfte ihr den Hals leicht ab. Als Sarah merkte, dass das Pferd immer ruhiger wurde, umarmte sie es herzlich und konnte seinen Atem spüren. Vorsichtig zog sie einen großen, knallroten Apfel aus ihrer Jackentasche. Im Handumdrehen hatte Florence ihn entdeckt und verspeiste ihn genüsslich. Jetzt nahm Sarah das mitgebrachte Seil in die Hand und fragte leise:

„Na, du? Möchtest du lieber allein laufen oder geritten werden, hm?" Im nächsten Moment fiel Sarah ein, dass die Frage eigentlich unsinnig war. Celine ritt morgens meist ohne Sattel, und wie sollte sie, Sarah, das Pferd ohne Sattel besteigen? Einen Baumstamm zum Hochsteigen sah sie nicht. Aber dann fiel ihr Blick auf das Seil in ihrer Hand. „Ja, das könnte gehen." Sie knotete eine Schlinge hinein. Dann schlang sie es über den Rücken des Pferdes und holte es unten drunter durch, zog das lose Ende durch die Schlinge, und machte einen weiteren Knoten hinein.

„Perfekt. Mein Steigbügel", freute sie sich und schwang sich auf den Pferderücken. Dabei trat Florence ein wenig hin und her.

„Hooohh. Ganz ruhig", redete Sarah ruhig auf sie ein. Vorsichtig zog sie den Steigbügel zu sich nach oben und löste die Knoten wieder. Dann machte sie eine große Schlinge und warf sie – wie ein Cowboy – über den Kopf des Pferdes, sodass sie sich daran festhalten konnte.

„Uff, das hätten wir. Na, dann lass uns mal nach Hause reiten, meine Gute." Sarah presste die Beine leicht an den Bauch des Pferdes, und es setzte sich in Bewegung. Gemeinsam durchstreiften sie wieder die dichten Büsche.

„Na, endlich!", rief Paul aus, der es sich derweil auf einem Stein gemütlich gemacht hatte. „Ich dachte schon, ich muss die nächste Suchmeldung rausgeben."

Sichtlich erleichtert schaute Sarah vom Pferd herunter.

„Danke, dass du gewartet hast. Bist echt'n Schatz."

„Ähm, ja ..." Paul wurde rot im Gesicht. „Kein Ding. Dann lass uns mal ..." Er stockte mitten im Satz.

„Was hast du?", fragte Sarah nach.

Paul schaute schnell auf seine Uhr. „Ach, du Schreck, schon so spät?"

„Na ja, es wird langsam dunkel, ja. Aber ist das so schlimm?"

„Du weißt aber schon, dass wir heute eine Ehrenmedaille erhalten sollen, oder?", erinnerte er sie.

„Oh Mann! Das hatte ich ja total vergessen."

„Ja, ich glaube, wir alle. Wenn wir schnell machen, schaffen wir's vielleicht noch zur Verabschiedung", grinste er, schwang sich auf sein Mountainbike und düste los.

„Also gut. Los, Florence!"

So schnell es ging, ritt Sarah zurück zum Pferdehof, lieferte Florence ab und eilte anschließend zum Rathaus und kam sogar noch vor Paul an. Sie kannte sich in der Gegend wesentlich besser aus und wusste, wo sie abkürzen konnte. Zum Glück erreichten alle Freunde die Veranstaltung rechtzeitig. Die vier wurden vorher noch einmal ins Rathaus gebeten, wo man ihnen erklärte, wie die Ehrung ablaufen würde.

Dann war es endlich so weit.

Der Bürgermeister betrat eine kleine Bühne, vor der sich bereits eine große Menschenmenge eingefunden hatte, und begab sich zum Rednerpult. „Normalerweise würde man bei offiziellen Anlässen sagen: *Liebe Mitbürgerinnen und Mitbürger.* Doch aufgrund der Ereignisse der letzten Tage und Wochen fühle ich mich Ihnen heute viel näher. Lassen Sie mich die Formalitäten einmal beiseiteschieben: Liebe Villsteiner! Was lässt die Menschen näher zusammenrücken als eine gemeinsam überstandene Katastrophe? Zum Beispiel das Abwenden einer solchen. Mir persönlich ging es jedenfalls so. Als ich von der Polizei die Mitteilung erhielt, dass unter der Altstadt eine

Bombe gefunden worden war, bekam ich es ernsthaft mit der Angst zu tun. Immerhin wohne ich in der Altstadt. Und viele andere Menschen auch. Nie war ich dem Tod näher. Und ich muss gestehen, nie zuvor hatte ich mich ernsthaft mit der Frage beschäftigt, was mit mir passiert, wenn ich sterbe. Und speziell zu diesem Thema bitte ich nun den Pfarrer der Marktkirche, einige Worte an Sie zu richten. Bitte, Herr Pfarrer."

Mit festen Schritten bestieg der junge Pfarrer der Ortskirche die Bühne, gab dem Bürgermeister die Hand, wandte sich den Zuhörern zu und begann: „Vielen Dank, Herr Bürgermeister. – Liebe Villsteiner! Ich möchte heute Abend nicht viele Worte machen, sondern nur auf eine einzige Sache hinweisen. Wir alle kennen das: Wenn irgendwas in der Welt schiefgeht, sind wir schnell dabei, Gott die Schuld in die Schuhe zu schieben und uns zu beschweren: Warum lässt Gott das zu? Aber wenn es uns gut geht, brauchen wir ihn nicht. Heute Abend wollen wir uns alle eine wichtige Frage stellen: Was wäre, wenn Gott doch existiert? Die Erfahrungen der letzten Wochen zeigen uns, dass da jemand ist, der auf uns aufpasst. Und damit meine ich nicht nur die vier jungen Menschen, die wir heute Abend besonders ehren wollen. Aber sie waren es, die die Existenz Gottes für möglich hielten und ihn um Hilfe baten. Deshalb konnten sie helfen, den Verbrechern das Handwerk zu legen und die Altstadt vor dem Untergang zu bewahren."

Der Pfarrer machte eine bedeutsame Pause und schloss mit den Worten: „Gott gab uns eine neue Chance. Geben wir ihm auch eine?"

Diese kurze Ansprache des Pfarrers hatte einiges Gemurmel zur Folge. Doch schon stand der Bürgermeister wieder am Mikrofon. „Meine lieben Villsteiner. Ich glaube, ich spreche für uns alle, wenn ich sage, dass wir vier jungen Menschen zu ganz besonderem Dank verpflichtet sind. Durch ihre Mithilfe konnte eine große Katastrophe in unserer schönen Stadt verhindert werden. Bitte kommt jetzt zu mir auf die Bühne!"

Lauter Applaus ertönte, während Sarah, Samuel, Dominik und Paul die Bühne betraten.

„Nur für den Fall, dass jemand noch nicht weiß, wer Villstein gerettet hat: Das sind Sarah, Samuel, Dominik und Paul."

Wieder klatschten die Leute Beifall.

Der Bürgermeister ging zur Seite der Bühne, wo eine Mitarbeiterin mit einer kleinen Metallbox auf ihn zukam. Paul erkannte sie als die freundliche Sekretärin Frau Waibling. Der Bürgermeister öffnete die Schatulle und entnahm nacheinander vier Medaillen und hängte jedem der vier eine um den Hals. Am Ende verbeugte er sich sogar vor den vier Freunden und klatschte Beifall. Alle Zuschauer stimmten mit ein – es gab tosenden Applaus mit vielen ermutigenden Zurufen.

„Gut gemacht!", riefen einige.

„Super, weiter so!", hörte man.

„Ihr seid Helden!", schrie sogar jemand.

Die vier erlebten ein Wechselbad der Gefühle. Im Grunde war es toll, so viel Lob und Anerkennung zu bekommen. Aber gleichzeitig fühlten sie sich etwas unwohl in ihrer Haut.

Nach der Zeremonie brauchten sie daher einen Moment für sich. Die ganze Aufregung hatte sie hungrig gemacht. Sie steuerten eine Würstchenbude an und ließen sich ein paar echte Thüringer Bratwürste schmecken. Dominik hatte sich gleich eine doppelte machen lassen. An diesem Abend war nämlich alles gratis für sie.

Plötzlich rempelte ein Jugendlicher Paul an und grunzte ihn im Vorbeigehen an: „Lasst euch das mal nicht zu Kopf steigen, ey. Wir sind immer noch die Bosse hier, dass das klar ist!"

„What?" Unwillkürlich ballte Paul die Faust. Sofort stiegen Erinnerungen an sein altes Zuhause und an Ferdinand, den Chef der Schlangenkopfbande, in ihm auf. Er hatte damals auf ähnliche Weise Ärger verursacht.

Sarah schüttelte den Kopf und blickte dem Rempler ungläubig hinterher. „Was sollte das denn?"

Samuel verschränkte die Arme mürrisch. „Ihr wisst schon, wer das war, oder?"

Paul hob fragend die Schultern.

„Das, meine Freunde, ist der Ärger in Person: Kevin, aus meiner Nachbarklasse. Er ist Anführer der *Black Eagles*, das ist im Grunde die einzige Clique hier im Ort. Wenn man uns mal nicht mitzählt."

„Aber was hat der für ein Problem mit uns?", fragte Paul verständnislos. „Ich bin ihm ja noch nicht einmal über den Weg gelaufen, und schon motzt der rum?"

„Tjaaa ...", sagte Samuel gedehnt. „Du musst verstehen: Jetzt, da wir berühmt sind, schauen nicht mehr alle auf die *Black Eagles*. Für den Moment sind wir quasi der Mittelpunkt des Interesses."

„Menschenskinder, dann sind wir ja echte VIPs, richtig?", gluckste Dominik breit grinsend.

„Ja, da hast du wohl recht, Dom", lachte Samuel.

Sarah mahnte zur Vorsicht. „Dennoch, wir sollten das nicht auf die leichte Schulter nehmen. Die führen bestimmt irgendwas im Schilde."

Samuel nickte. „Und wenn nicht jetzt, dann irgendwann später."

Es war inzwischen längst dunkel geworden, und die vier kehrten zur Feier zurück, denn der Abend war noch lange nicht vorbei. Auf der Bühne spielte die Jugendband des Gymnasiums. Bei einem Lied durfte Sarah sogar als Backgroundsängerin mitsingen.

Nach ihrem Einsatz wurde sie von Paul in Empfang genommen. Fröhlich lächelnd rief er ihr zu: „Hey Sarah, das war klasse! Du solltest solo singen!"

„Meinst du wirklich? Ich weiß nicht", druckste sie herum.

„Weißt du was?", raunte Paul ihr zu. „Du bist heute eine zweifache Heldin."

Sarah schaute ihn mit großen, fragenden Augen an.

„Na ja, wir alle sind Helden der Stadt. Aber du bist noch Heldin des Pferdes. Du hast Florence gefunden. Durch deinen Einsatz hat Celine ihr wertvolles Pferd wiederbekommen. Das finde ich klasse."

Samuel kam gerade dazu und nickte eifrig. „Paul hat vollkommen recht." Mit diesen Worten klopfte er Sarah freundschaftlich auf die Schulter.

„Aber ihr habt doch alle mitgeholfen."

„Sicher, dafür sind wir ja auch ein Team, nicht wahr?"

An diesem Abend wurde noch viel gefeiert, erzählt und gelacht.

Der Sturm

Kapitel 2

Sarahs Mutter stellte den großen Schnellkochtopf beiseite und sagte freundlich: „Danke, dass du mir beim Kartoffelschälen geholfen hast. Ab jetzt komme ich klar."

„Okay", sagte Sarah, verließ die Küche und schlenderte ins Wohnzimmer. Sie hörte, wie im Garten irgendetwas scheppernd umfiel, und beschloss einmal nachzuschauen. Zu den starken Regenfällen der letzten Wochen hatten sich jetzt noch heftige Stürme gesellt. Der Blick aus dem Fenster bestätigte den Wetterbericht – starke Windböen. Gerade flog ein abgeknickter Ast vorbei. Sarah wollte in ihr Zimmer gehen, als sie aus den Augenwinkeln eine schnelle Bewegung wahrnahm. Sie schaute genauer hin. Eine Sturmböe hatte ihr Fahrrad erfasst, wirbelte es quer durch den Garten und ließ es mit voller Wucht an die Garagenmauer krachen. Sarah zuckte zusammen und riss die Augen auf.

Auf einmal war es, als wäre die Zeit stehen geblieben. Sie hörte nichts mehr, spürte nichts mehr, blickte nur starr nach draußen. In dem Moment, in dem das Fahrrad gegen die Wand knallte, sah sie ihre kleine Schwester vor ihrem inneren Auge aufblitzen.

Reglos stand Sarah da. Doch in ihrem Innersten spielten gerade alle Gefühle verrückt. Mit einem Mal waren sie wieder da: die Bilder des Unfalls ihrer Schwester Debby, die sich in ihrem Kopf abspielten.

Soeben gesellte sich ihre Mutter zu ihr und murmelte: „Meine Güte, der Sturm verursacht eine Menge Schaden."

Plötzlich ging ein Ruck durch Sarah. Sie riss den Kopf herum, blickte ihre Mutter verärgert an und schrie: „Na und?

Was kann ich denn dafür?“ Sie machte auf dem Absatz kehrt und rannte in ihr Zimmer.

„Sarah ...!“, rief ihre Mutter völlig irritiert hinterher. Doch ihre Tochter reagierte gar nicht.

Sarah knallte die Tür zu, sprang in ihr Bett und vergrub sich unter ihrer Decke. Sie spürte, wie ihr Puls raste. Eine Mischung aus Wut und großer Traurigkeit wirbelte durch ihren ganzen Körper. Der Schmerz saß tief. Sie vermisste ihre kleine Schwester. Irgendwann wurde die Luft unter der Decke stickig, und sie warf sie zur Seite. Sarah schaute sich um. Ihr Blick blieb am großen Schrank haften. Sie sprang aus dem Bett, öffnete ihn und griff mit beiden Händen nach einer bunt bemalten und mit Marienkäfern beklebten Pappschachtel. Behutsam stellte sie die kleine Box auf dem Boden ab und öffnete sie. Zum Vorschein kamen Fotos, ein kleines, beklebtes Tagebuch, ein uraltes Marzipanbrot, das inzwischen hart geworden war, und ein Kuscheltier. Sie nahm das abgenutzte Huhn mit dem viel zu großen Plüschschnabel heraus und sah es lange an. Dann flüsterte sie:

„Keine Ahnung, was Debby an dir fand. Du bist einfach nur hässlich, aber total süß.“ Sarah seufzte. „Ich wünschte, sie wäre jetzt hier.“

Nach einer Weile klopfte Sarahs Mutter an die Tür: „Schatz? Geht es dir gut?“

„Nein! Lass mich in Ruhe!“, gab sie mürrisch zurück.

„Aber was ist denn nur los mit dir?“ Ihre Mutter ließ nicht locker.

„Ist doch egal. Interessiert sowieso keinen.“

„Und warum frage ich dann nach?“

Keine Antwort.

„Hallo?“

Sarah hatte jetzt absolut keine Lust, mit ihrer Mutter zu diskutieren. Ihr war nicht bewusst, dass ihre Mutter begann, sich Sorgen um ihre Tochter zu machen.

Am nächsten Morgen klingelte Sarahs Handy.

Mit zugekniffenen Augen tastete sie auf dem Nachttisch nach ihrem Handy. „Jahhh?", gähnte sie in den Hörer.

„Na, was heißt hier ‚ja'? Ich bin's, Samuel."

„Aha."

„Aha? Was ist denn mit dir los?"

„Nix."

„Bist du mit dem falschen Fuß aufgestanden?"

„Bin noch gar nicht aufgestanden."

„Hm. Ist alles okay bei dir?"

Sarah grunzte irgendetwas Unverständliches.

„Wie bitte?" Samuel war zwar ihr Freund, aber keiner von der geduldigen Sorte. „Jetzt sag schon! Was liegt an?"

„Ich ... ach, nichts. Das verstehst du eh nicht."

„Willst du ..." Noch ehe Samuel ausreden konnte, hatte Sarah bereits aufgelegt.

Wieso musste sie eigentlich neuerdings jeder ausfragen? Sie ließ das Handy auf den Teppich fallen und zog sich die Decke über den Kopf. „Lasst mich doch einfach alle in Ruhe!", grummelte sie und merkte gar nicht, wie helle Sonnenstrahlen auf ihr Bett fielen. Nach dem Unwetter zeigte sich der Herbst mal wieder von seiner schönen Seite. Glücklicherweise verlief der Vormittag ziemlich ereignislos. Doch insgeheim hoffte sie, dass jemand sie verstehen konnte.

Am Nachmittag klingelte es an der Wohnungstür, und ihre drei besten Freunde Dominik, Samuel und Paul standen bereit, um sie zum Eisessen einzuladen. Dagegen konnte Sarah nichts einwenden. Eis war ihr Leibgericht. Das passte immer. Da ihr Fahrrad Schrott war, spazierten sie gemeinsam durch Villstein und genossen die warmen Sonnenstrahlen dieses goldgelben Herbsttages.

Matteo stand draußen vor seiner Eisdiele und sah die jungen Gäste bereits von Weitem. „Ah, cara mia Sarah!", rief er freudestrahlend und kam ihr entgegen, um sie zu umarmen. So wie immer. Doch diesmal war Sarahs Reaktion eher mechanisch und lustlos. Das spürte der gebürtige Italiener sofort und schaute Sarah mit sorgenvollem Blick an. „Alles okay bei dir?"

Gleichgültig zuckte sie mit den Schultern und ließ sich auf einen Stuhl fallen.

„Hm, da hab ich genau das Richtige für dich", sagte Matteo siegessicher und verschwand in der Küche. Kurze Zeit später eilte er mit einer kleinen Überraschung zurück und stellte sie fröhlich lächelnd vor Sarah ab. „Bitte schön. Ich dachte mir, du brauchst mal eine kleine Aufmunterung."

Sarah betrachtete ihren Erdbeer-Blaubeer-Eisbecher mit heißer Schokolade und drei Funken sprühenden Wunderkerzen. Dieser Anblick entlockte ihr tatsächlich ein Lächeln. Verlegen stand sie auf und drückte Matteo. „Danke, Matteo."

„Nessun problema. Und nun seid ihr dran." Mit zufriedener Miene ging der Eisverkäufer zurück zur Theke und stellte einige Eisbecher zusammen, während Sarah den blitzenden Wunderkerzen beim Herunterbrennen zuschaute.

Die Wunderkerzen waren schon längst abgebrannt, als Sarah sie noch immer anstarrte. Ihren Eisbecher hatte sie noch nicht einmal angerührt.

Paul seufzte und murmelte leise: „Hey Sarah, magst du dein Eis nicht?"

„Was?", schreckte sie auf. „Wieso? Ach so ... oh, sorry. Doch. Schon ..." Langsam nahm sie den langen Eislöffel in die Hand und steckte ihn mitten ins Eis. Dort ließ sie ihn stecken.

Mit vollem Mund murmelte Dominik: „Du, sag mal, warum bist du so komisch drauf? Du scheinst gar nicht mehr fröhlich zu sein."

„Wortkarg ist sie auch geworden", fügte Samuel missmutig hinzu.

„Ach, das versteht ihr sowieso nicht."

„Ja, das sagtest du bereits."

Dominik schaute völlig irritiert drein.

Paul versuchte es diplomatisch. „Sarah, magst du es nicht einfach mal versuchen? Wir sind doch deine Freunde. Uns kannst du anvertrauen, was dich beschäftigt."

Unruhig rutschte Sarah auf ihrem Stuhl hin und her. „Es ... es ist wegen ... des Sturms."

„Oh. Ist was Schlimmes passiert?", fragte Samuel.

Sarah riss den Kopf herum und schaute ihn mit großen Augen an. Schroff brüllte sie ihn an: „Du ... hast ja keine Ahnung!" Sie sprang auf, rannte davon und versteckte sich hinter der nächsten Hausecke. Sie wollte weg, aber auch wieder nicht. Ärgerlich schlug sie mit der Faust gegen die Hauswand. Sollte sie zurück zu ihren Freunden? Sie überlegte und lauschte, wie sie sich über sie unterhielten.

Samuel wollte hinterher, doch Paul hielt ihn am Arm fest und sagte: „Stopp! Ich glaube, wir sollten sie erst einmal in Ruhe lassen."

Mit hochgezogenen Augenbrauen wandte sich Samuel Paul zu. „Erklärst du mir das bitte?"

Paul steckte einen Löffel voller Eis in den Mund, ließ es langsam zergehen und sprach leise: „Ich erinnere mich noch gut daran, wie meine Eltern mir im Frühjahr dieses Jahres erzählten, dass sie umziehen wollten. Das war für mich völlig undenkbar und dennoch unabwendbar. Sie hatten sich ja bereits entschieden."

„Was hat das mit Sarah zu tun?", fragte Dominik irritiert.

Paul legte den Kopf leicht zur Seite und antwortete: „Nun ja, zunächst einmal gar nichts. Jedenfalls nicht direkt. Wisst ihr, damals fühlte ich eine unüberwindbare Ohnmacht. Ich hatte gerade meinen Erfolg gefeiert, denn ich hatte den Chef der Schlangenkopfbande beim BMX-Rennen besiegt. Endlich bekam ich Anerkennung. Ich war endlich jemand. Und mit einem Mal sollte alles wieder vorbei sein. Das Schlimmste war, ich konnte nichts dagegen tun. Ich war wütend und traurig zugleich. Ich versuchte es sogar mit einem Anti-Umzugsplan."

Samuel überlegte. „Ah, ich verstehe. Du glaubst, Sarah hat etwas Krasses erlebt und verhält sich deshalb so komisch?"

Paul nickte. „Ist nur so'n Gefühl. Aber ich glaube, ja."

Sarah hatte genug gehört. Paul machte tatsächlich den Eindruck, als könnte er sie verstehen. Aber er war ein Kerl. Konnten Jungs Mädchen überhaupt verstehen? Sie schüttelte sich, als wollte sie die Anspannung abwerfen, und beschloss, ihre Freundin Celine zu besuchen.

„Doktor Fuhrmann bitte in den OP! Doktor Fuhrmann bitte in den OP!", hörte sie gerade eine Durchsage, als sie das Krankenhaus betrat. Sarah ging zur Rezeption und erkundigte sich, wo Celine inzwischen untergebracht worden war. Das Zimmer war schnell gefunden. Zaghaft klopfte sie, öffnete leise die Tür und lugte in den abgedunkelten Raum. „Hallo?"

„Ah, Sarah. Das ist aber eine schöne Überraschung." Celines Freude war durchsetzt von kleinen Schmerzenslauten, als sie versuchte, sich ein wenig aufzurichten. „Ich freue mich, dass du mich besuchen kommst."

„Wie geht es dir, Celine?", erkundigte sich Sarah.

„Uhh ... das ist so eine Frage ... schwer zu sagen. Solange die Schmerzmittel wirken, geht es ganz gut. Aber dann ..." Celine versuchte, sich ein wenig zu Sarah zu drehen. „Argh."

„Es tut mir so leid." Sarah musste fast weinen, als sie ihre Freundin so daliegen und leiden sah.

„Ich ... ich möchte nicht unhöflich erscheinen. Aber ... hast du Florence finden können?"

Sarahs Gesicht hellte sich auf. „Ja. Mit Gottes Hilfe, sozusagen. Wir haben sie an dieser einen Stelle hinter den dichten Büschen, bei dem kleinen Bergbach gefunden. Ich hatte völlig vergessen, dass wir schon mal da gewesen waren und Florence sich dort so wohlgefühlt hatte."

„Ahh, da bin ich aber froh", seufzte Celine. „Wie du weißt, ist Florence ein sehr wertvolles Pferd. Davon abgesehen ist sie mir eine richtig gute Freundin geworden."

„Ja, mir auch", nickte Sarah.

Celine versuchte zu lächeln. „Dann ist es sozusagen ein glücklicher Zufall, dass sie auch Zutrauen zu dir entwickelt hat. Sie ist sonst sehr wählerisch, selbst gegenüber den Pferdepflegern auf dem Hof."

„Hm, ich weiß nicht, ob man das Zufall nennen kann."

„Sag mal", fragte Celine nachdenklich, „warum hast du gesagt, dass du Florence nur mit Gottes Hilfe finden konntest? Wie meinst du das?"

Sarah schaute Celine an – mit einer Mischung aus Mitleid und Unverständnis. Aber dann kam ihr wieder in den Sinn, dass ihre Freundin nicht viel mit Gott am Hut hatte. „Tja, das war so ..." Nun erzählte Sarah ihr in allen Einzelheiten, wie sie von dem Unfall erfahren, den Arzt besucht und schließlich mit einem ganzen Team an Helfern die Umgebung abgesucht hatte. Als ihnen nichts mehr eingefallen war, hatten sie gebetet. Daraufhin hatte sich Sarah an den friedlichen Ort hinter den Büschen erinnert.

Celine hörte aufmerksam zu. „Das ist ja wirklich faszinierend. Eine Sache verstehe ich aber nicht."

„Was denn?"

„Na ja, wieso habt ihr Gott nicht gleich zu Beginn der Suche gefragt?"

Etwas betreten setzte sich Sarah auf einen Stuhl und sagte eine ganze Weile nichts. Celines Augen ruhten auf ihr und warteten geduldig. „Ach, na ja. Ich schätze mal, wir Menschen sind irgendwie ... bescheuert."

„Ist das nicht ein bisschen hart?", fragte Celine zurück.

„Nein. Überhaupt nicht." Auf einmal wich Sarahs Zurückhaltung einer anschwellenden Wut. „Menschen können sogar extrem mies sein!" In ihrem Kopf spukte wieder der Unfall ihrer Schwester herum. Der Unfallfahrer war so feige gewesen, dass er einfach abgehauen war. Mit einem Ruck stand sie auf und ging zur Tür. Oh ja, Menschen KÖNNEN hart sein.

Kurz bevor sie verschwand, schickte sie noch schnell ein „Ciao, muss weg!" über die Schulter.

Zurück blieb eine völlig verunsicherte Freundin.

Sarah beschloss, mit dem einzigen Wesen auf dieser Welt zu reden, das sie wirklich zu verstehen schien. So betrat sie kurze Zeit später den Pferdehof Sonnentau und schlich sich zu Florence in die Box.

„Na, du? Wie geht es dir?", flüsterte Sarah und streichelte dabei Florence' Mähne. Dann legte Sarah ihren Kopf an den Hals des Pferdes und seufzte. „Ich glaube manchmal, du bist die Einzige, die mich wirklich versteht."

Florence wieherte leise.

„Was willst du mir damit sagen, hm?" Fragend schaute Sarah dem Pferd in die Augen, während es ganz still dastand.

Von draußen war plötzlich eine leise Stimme zu hören, die sagte: „Vielleicht solltest du es mal mit einem Menschen deines Vertrauens versuchen."

Erschrocken ließ Sarah von dem Pferd ab und reckte den Hals aus der Pferdebox, um nachzusehen, wer da gelauscht hatte. Es war Petra. Sarahs Verärgerung machte Betretenheit Platz. Sie konnte Petra schlecht ausschimpfen. Schließlich gehörte ihr der Pferdehof. „Ach, weißt du, das ist alles nicht so einfach."

Petra legte ihre Hand auf die Tür der Pferdebox und schaute zu Florence. „Ich kann dich gut verstehen. Ich bin mit allen möglichen Tieren auf unserem Bauernhof aufgewachsen. Aber die Pferde hatten es mir schon immer besonders angetan. Ich musste nichts sagen und hatte doch das Gefühl, verstanden zu werden."

Sarah nickte.

„Aber eines konnten sie nicht: Probleme lösen. Schau, ich liebe Pferde. Aber ich habe auch gelernt, Menschen zu lieben und zu schätzen. Selbst dann, wenn manche von ihnen schwierig sind. Aber manchmal sind es auch nicht die anderen, sondern wir selbst, die schwierig sind."

„Hm, vielleicht hast du recht." Sarah verließ die Box, verabschiedete sich und machte sich auf den Heimweg. Selbst unterwegs kam sie innerlich überhaupt nicht zur Ruhe.

Zu Hause erwartete sie bereits eine ungeduldige Mutter. „Da bist du ja endlich!"

Sarah runzelte die Stirn. „Hm?"

Verärgert schimpfte ihre Mutter: „Hast du etwa vergessen, dass wir heute unsere Probe besprechen wollten? Für die Lesung? In drei Wochen? In der Reha-Klinik?"

Oh. Da war ja noch etwas. Das hatte Sarah total übersehen. „Ups."

„Ups?" Ihr Vater war gerade dazugekommen und schien sich ebenfalls zu ärgern. „Ist das alles, was du dazu zu sagen hast? Diese Lesung ist schon lange geplant, wie du weißt. Immerhin hast du dich freiwillig dafür gemeldet." Dann machte er eine dramatische Pause. „Vielleicht hast du es vergessen: Es geht darum, anderen Menschen eine Freude zu machen."

Das war zu viel. Aufgebracht warf Sarah ihre Jacke in die Ecke und schrie: „Hör doch endlich auf!"

Ihre Eltern machten große Augen.

„Erzähl du mir nichts davon, anderen Leuten eine Freude zu machen. Seit zwei Jahren bin ich damit beschäftigt, für euch das fröhliche Mädchen zu sein."

„Aber Sarah", wollte ihre Mutter einwenden. Doch sie kam nicht weit, da ihre Tochter gerade an Fahrt aufnahm.

„Gerade für euch musste ich doch die ganze Zeit da sein, weil ihr nach Debbys Tod völlig fertig wart. Ich habe mich um euch kümmern müssen und jeden Tag versucht, euch aufzumuntern. Ihr hättet euch mal sehen müssen. Und was habt ihr gemacht? Euch in die Arbeit vergraben. Aber für mich war keiner da! Ich habe Debby auch verloren!" Wütend und mit Tränen in den Augen stapfte sie die Treppe zu ihrem Zimmer hinauf. Untwegs schrie sie noch nach unten: „Ich hab einfach keine Lust mehr, der Glücksbringer für alle anderen zu sein!"

Wie versteinert standen ihre Eltern im Wohnzimmer und blickten sich entsetzt an. Das mussten sie erst einmal verdauen.

Irgendwann ging die Sonne unter, und Sarah beobachtete das farbenprächtige Naturschauspiel so lange, bis es dunkel geworden war. Genau so fühlte sie sich gerade: dunkel und leer. Plötzlich vibrierte ihr Smartphone genau zweimal. Das ließ eine WhatsApp-Nachricht vermuten. Eigentlich wollte sie einfach nur ihre Ruhe haben. Aber irgendwie war sie auch neugierig.

Es war Paul, der ihr geschrieben hatte: „Liebe Sarah, es tut mir leid, dass wir dich heute Nachmittag verärgert haben. Uns war nicht bewusst, wie es dir geht."

Sarah seufzte. Sollte sie ihm jetzt antworten? Sie überlegte. Schließlich begann sie zu tippen: „Hey Paul. Es ... ist nicht so, wie du denkst."

Paul reagierte prompt: „Und wie ist es dann?"

Wieso entwickelte Paul auf einmal so ein großes Interesse an ihrem Gemütszustand? Machte er sich lustig oder war da mehr? Sarah versuchte es herauszufinden: „Warum interessiert dich das?"

„Weil ... du mir wichtig bist."

Auweia. Sarah spürte, wie ihr Herz auf einmal schneller schlug. Sie versuchte es zu ignorieren. Aber es ging nicht. Was soll's?, dachte sie und schrieb:

„Vor zwei Jahren ..." Sarah stockte. Sollte sie das jetzt wirklich mit ihm ausdiskutieren? Per WhatsApp? „... war meine kleine Schwester Debby mit dem Fahrrad unterwegs und hatte einen Unfall. Das hatte ich dir ja schon einmal erzählt."

„Ja, ich erinnere mich. Damals bei Samuels Geburtstag hattest du es erwähnt. Magst du mir erzählen, was passiert ist?"

„Sie war auf dem Nachhauseweg. Als sie um eine enge Kurve fuhr, kam ihr ein schnelles Auto entgegen und hat sie gerammt. Sie muss voll gegen die Autokante geknallt sein, ehe sie auf die Straße fiel. Und genau dort starb sie. Allein und ohne Hilfe."

„Schrecklich."

„Und dieser feige Kerl von Unfallfahrer ist einfach abgehauen und hat ihr nicht geholfen."

„Das ist ... unglaublich."

„Als der Rettungswagen später eintraf, war alles schon ... zu spät."

Schweigen.

Dann schrieb Sarah weiter: „Gestern hat der schwere Sturm in unserem Garten getobt und mein Fahrrad gegen die Wand geschleudert. Das hat mich wieder an den Unfall und ... an den Verlust meiner kleinen Schwester erinnert."

„Meine Güte", schrieb Paul. „Jetzt verstehe ich, warum du so gereizt warst. Aber warum warst du uns gegenüber so abweisend? Wir können doch nichts dafür."

„Weil ich ... allein war", war das Letzte, was Sarah schrieb. Dann schaltete sie ihr Handy aus und ließ es auf den Boden fallen. Jetzt, wo es raus war und sie es jemandem mitgeteilt hatte, wurde aus der Wut auf einmal Traurigkeit. Sie spürte, wie sich ihre Augen mit Tränen füllten. Ihre kleine Schwester war fort. Für immer. Sarah kroch ins Bett, vergrub sich unter der Decke, schluchzte und schrie: „Warum meine Schwester? Warum hast du das zugelassen, Gott? Warum?"

Hilferuf(e)

Kapitel 3

Mühsam öffnete Sarah am nächsten Morgen die Augen und blinzelte verschlafen unter ihren verfilzten Haaren hervor. Der regenwolkenverhangene Himmel erweckte den Anschein, als sei es schon wieder Abend. Müde stand sie auf und schlurfte ins Badezimmer. In der letzten Nacht hatte sie sehr unruhig geschlafen und schlecht geträumt. Im Spiegel schaute sie ein total zerknautschtes Mädchen an, das so aussah, als hätte es die ganze Nacht durchgefeiert. Allmählich stieg ihr der Duft frisch gemahlenen Kaffees in die Nase. Ihre Eltern waren wohl schon beim Frühstück.

„Moin", murmelte sie, während sie die Treppe hinuntertappste, die direkt in die offene Wohnküche führte.

Ihr Vater stand schnell auf und kam ihr entgegen. „Guten Morgen, mein Schatz! Wir haben dich extra schlafen lassen, weil doch Ferien sind. Du hast übrigens ziemlich viel im Schlaf gesprochen."

„Ach ja?"

„Das meiste davon war unverständlich. Aber ein Name tauchte immer wieder auf: Debby."

Sarahs Mutter versuchte zu lächeln, schob den Stuhl etwas zurück und lud ihre Tochter ein: „Komm, setz dich! Lass uns gemeinsam frühstücken, okay? Nebenbei könnten wir über etwas ... oder besser gesagt ... über jemanden sprechen." Sie holte kurz Luft. „Über Debby."

Sarah machte einen Schritt zurück.

„Sarah, wir möchten gern mit dir reden, wegen gestern Abend und ...", setzte ihr Vater erneut an.

„Was gibt es da zu reden?“ Sie machte kehrt und wollte schon wieder verschwinden, doch ihr Vater hielt sie behutsam fest. „Bitte.“

„Na schön.“ Lustlos ließ sie sich auf den Stuhl fallen und steckte sich ein Croissant in den Mund.

Ihr Vater setzte sich langsam neben sie und machte ein betretenes Gesicht. „Deine Mutter und ich haben uns gestern Abend und die halbe Nacht den Kopf darüber zerbrochen, was du gestern gesagt hast. Wir müssen rückblickend gestehen, dass wir ... wirklich zu wenig für dich da waren. Das tut uns leid. Wir hatten damals alle schwer zu kämpfen, als unsere liebe Debby gestorben war.“

„So ... unerwartet“, fuhr ihre Mutter fort. „Wir wussten nicht, wie wir damit umgehen sollten. Dabei haben wir dich aus dem Blick verloren.“

„Na und? Ist doch sowieso egal“, grunzte Sarah, schnappte sich noch ein Croissant und ging wieder auf ihr Zimmer. Bevor sie die Tür schloss, vernahm sie gerade noch die Stimme ihres Vaters, der sagte: „Haben wir am Ende beide Töchter verloren?“

Sarah setzte sich an ihren Schreibtisch, stützte den Kopf auf die Hände und kaute lustlos auf dem Croissant herum. Sie schaltete ihr Handy an und erhielt prompt eine Nachricht. Paul hatte sie und das ganze Team schon vor einer halben Stunde zu sich nach Hause eingeladen. Es gebe wichtige Neuigkeiten.

Neugierig, wie sie nun einmal war, machte sie sich auf den Weg. Natürlich zu Fuß. Mann, wie das nervte!

Als Sarah bei Pauls Haus ankam, sah sie bereits die Fahrräder ihrer Freunde und klingelte. Pauls Mutter öffnete ihr und bat sie freundlich herein. „Hallo, Sarah!“

„Hi!“

Drin warteten die anderen schon gespannt auf die wichtigen Neuigkeiten, von denen die Rede gewesen war.

Pauls Vater betrat das Wohnzimmer. „Ah, ich sehe, ihr habt es euch bereits bequem gemacht. Super. Hallo, Sarah!“

„Hi, Markus."

„Nun fragt ihr euch sicher, warum ich so geheimnisvoll getan habe. Es liegt – sozusagen – in der Natur der Sache."

„Ich nix kapieren", grinste Dominik.

Markus setzte sich und holte aus: „Erinnert ihr euch noch an unseren großartigen Fund?"

„Du meinst die Steine?", fragte Dominik.

„Stelen", verbesserte Samuel ihn sofort. „Aber klar doch, das zweite Testament."

„Ja, richtig. Ein wirklich sensationeller und historisch bedeutsamer Fund. Am Abend dieses Tages wollte ich mit meinem alten Mentor, Professor Jeremiah Cardiff, telefonieren. Aber er war verschwunden."

„Aber das ist doch jetzt auch schon wieder eine ganze Weile her." Sarah kratzte sich am Kopf.

Markus nickte. „Das Schlimme ist nun, dass noch immer niemand weiß, wo sich Professor Cardiff aufhält. Scotland Yard tappt seit Wochen im Dunkeln."

Paul hob eine Augenbraue. „Jetzt sag nicht, wir sollen ihn suchen?"

„Genau das", nickte sein Vater. „Donella Emilia, seine Tochter, rief mich gestern Abend an. Von der örtlichen Polizei hatte sie schon vor Wochen von meinem Anruf erfahren, wollte mich aber zunächst nicht beunruhigen. Sie macht sich unglaubliche Sorgen um ihren Vater. Deshalb hat sie uns eingeladen, ihr bei der Suche nach ihrem verschollenen Vater zu helfen."

Dominik schüttelte den Kopf. „Ich verstehe nicht, was hat das mit Nutella zu tun?"

„Nicht Nutella – Donella! Dass du aber auch immer nur ans Essen denken kannst", schimpfte Samuel. Alle anderen mussten herzhaft lachen.

Noch einmal setzte Dominik an: „Was ich sagen wollte – wie kommt sie darauf, ausgerechnet uns einzuladen? Woher kennt sie uns überhaupt?"

Pauls Vater lächelte. „Ganz einfach. Ich habe ihr empfohlen, nicht nur mich, sondern auch euch einzuladen. Denn ich glaube, ihr seid die idealen Detektive für diesen Fall. Und so ganz nebenbei, ich glaube, dass dies kein Zufall ist. Im Buch der Wahrheit habe ich Hinweise darauf gefunden, dass einer der Kuriere, die die Testamente verstecken sollten, mindestens einmal in Schottland gewesen sein muss. Das könnte eine heiße Spur zu einem weiteren Testament sein."

Dieser Satz erzeugte augenblicklich Spannung.

„Soll das etwa bedeuten, dass wir auf der Spur des dritten Testaments sind?"

Voller Abenteuerlust erhob sich Markus und nickte eifrig. „Ja! Genau das vermute ich. Also, was sagt ihr? Fahren wir nach Schottland?"

„Yeah!" Samuel begann schon vor Tatendrang zu sprühen.

Paul sprang auf. „Aber klar doch!"

„Nun ja, es klingt zumindest interessant", meinte Sarah.

Dominik blieb erstaunlich ruhig auf dem Sessel sitzen und kaute auf seinen Fingernägeln herum.

„Hey Kumpel, was ist mit dir?", rempelte Paul ihn freundschaftlich an.

Unbehaglich rutschte Dominik hin und her. „Tja, wie soll ich es sagen? Ich kann nicht."

„Warum das denn?"

„Meinem Vater geht es nicht so gut. Er hat sich die letzten Wochen gerade so dahingeschleppt. Der Krebs ist sehr weit fortgeschritten. Die Ärzte geben ihm ... keinen Monat mehr."

„Oh, Sch..." Paul hielt sich schnell die Hand auf den Mund. „Das hatte ich ja ganz vergessen."

Dominik rang nach Worten. „Ehrlich gesagt, möchte ich ihn jetzt nicht allein lassen."

„Dafür haben wir natürlich volles Verständnis", erklärte Markus. „Wir müssen das auch nicht sofort entscheiden. Aber denkt ruhig mal darüber nach."

Samuel verschränkte die Arme. „Wir können definitiv nicht ohne Dom fahren. Das geht nicht. Er gehört zum Team."

„Außerdem kann ich mir das nicht leisten", fügte Dominik schnell an.

„Och, das wäre kein Problem", winkte Markus ab. „Wir sind eingeladen. Das war wörtlich und voll umfassend zu verstehen. Wir bekommen die Reise spendiert."

„Hm", seufzte Sarah. „Also betrachten wir das Ganze jetzt mit einem lachenden und einem weinenden Auge."

Pauls Vater verschwand in seinem Arbeitszimmer, und Paul begleitete Samuel und Dominik nach draußen. Dominik wollte seinen Vater anschließend im Krankenhaus besuchen, und Samuel hatte noch Pflichten auf dem elterlichen Hof. So kam es, dass Sarah als Letzte noch blieb. Sie war einfach sitzen geblieben.

Pauls Mutter brachte einige Getränke ins Wohnzimmer und entdeckte eine abwesend wirkendes Mädchen auf dem Sofa. Sie warf einen Blick auf Sarahs gedankenverlorenes Gesicht und schien sofort zu wissen, was Sache war. Spontan schickte sie ein kurzes Gebet zu Gott und bat um gute Worte für Sarah.

„Hey, wie geht es dir?"

„Hm?" Sarah zuckte zusammen. „Oh, du bist es. Hi, Maria."

Pauls Mutter setzte sich auf das Sofa gegenüber und musterte sie. Sarah fühlte sich gerade so, als würde sie gescannt. Aber auf eine angenehme Art.

„Du machst einen sehr traurigen Eindruck", analysierte Pauls Mutter.

„Ach, na ja. Ich weiß auch nicht. Eigentlich bin ich nicht traurig, eher ... wütend." Sarah starrte auf den Boden vor sich, als Paul wieder ins Wohnzimmer kam. Seine Mutter schüttelte leicht den Kopf und bedeutete ihm hinauszugehen. Paul verstand und schloss leise die Wohnzimmertür.

„Darf ich fragen, was dich wütend gemacht hat?" Auf eine einfühlsame Art versuchte Maria immer zu helfen.

„Puhh. Wo soll ich da anfangen ...?“ Innerhalb der nächsten halben Stunde breitete Sarah ihr ganzes Herz vor Maria aus. „So. Nun weißt du alles. Ich glaube, du bist der einzige Mensch, dem ich das alles erzählt habe.“

„Ich danke dir für deine Offenheit, Sarah.“

„Um ehrlich zu sein, ich bin ein wenig erstaunt. Es tut gut, endlich mal richtig darüber zu reden.“

„Hast du schon einmal mit Gott darüber gesprochen?“, fragte Maria mit ernster Stimme.

„Gesprochen? Ja, klar, und wie. Ich hab ihn angeschrien. Wie konnte er das zulassen? Meine kleine Schwester. Sie hat doch niemandem etwas getan!“ Sarahs Augen begannen sich mit Tränen zu füllen.

Auch Maria konnte ihre Tränen kaum zurückhalten. „Es ist immer eine Tragödie, wenn ein junger Mensch stirbt. Wir verstehen es einfach nicht. Es erscheint uns so sinnlos. Übrigens halte ich es für eine gute Idee, dass du Gott gegenüber dein Unbehagen und deine Gefühle so deutlich zum Ausdruck gebracht hast. Nichts ist schlimmer, als so zu tun, als sei alles in Ordnung.“

„Aber genau das habe ich gemacht. Zwei Jahre lang habe ich mich immer um Fröhlichkeit bemüht, weil ich dachte, es meinen Eltern schuldig zu sein.“

„Aber warum das denn?“

„Sie hatten doch ihre kleine Tochter verloren. Wer sollte denn ihren Platz einnehmen, wenn nicht ich?“

Maria seufzte. Dann faltete sie die Hände und betete kurz im Stillen.

Sarah beobachtete sie still und war dankbar, einen Menschen wie sie zu kennen. Dann sagte sie leise: „Danke, dass du dir Zeit für mich genommen hast. Ich glaube, so war noch nie jemand für mich da.“

Maria lächelte. „Fällt dir wirklich niemand ein, der sich sonst noch um dich bemüht hätte?“

Endlich huschte auch wieder ein Lächeln über Sarahs Gesicht. Sie nickte kurz und suchte Pauls Zimmer auf. Zaghaft klopfte sie an seine Tür.

„Ja?"

„Darf ich reinkommen?", fragte Sarah unsicher.

Paul öffnete die Tür. „Hey, na klar."

„Deine Mom ist echt klasse. Weißt du das?"

Paul nickte. „Sicher weiß ich das. Aber manchmal ist sie auch anstrengend. Mütter eben."

„Ich wollte mich noch bei dir bedanken, dass du gestern Abend nachgefragt hast und so."

„Ja, ähm, klaro. Kein Ding."

„Ich mein's wirklich ernst, Paul. Ihr könnt ja nichts dafür, dass ich ausgetickt bin. Es ist einfach ..."

Paul legte seinen Arm behutsam auf Sarahs Schulter und sagte leise: „Gern geschehen. Dafür sind Freunde doch da."

Spontan drückte sie ihn. Paul bekam einen roten Kopf. Das war irgendwie eine andere Art von Umarmung. Ungewöhnlich, aber toll.

„Was hältst du von einem Filmabend?", fragte Sarah unvermittelt. „Du, Sam, Dom und ich."

„Klingt super."

„Okay, ich lade euch zu mir nach Hause ein. Den Film habe ich schon da: *God's not dead*."

Paul dachte nach. „Interessanter Titel. Ich bin gespannt."

„Dann werd ich mich mal wieder auf den Weg machen."

„Warte, ich bring dich zur Tür."

„Ist acht Uhr okay?"

„Sicher."

„Fein. Bis dann!"

„Tschüss!"

Später am Abend trafen sich die vier Freunde bei Familie Flemiger zu Hause zum Filmabend. Sarah hatte bereits eine große Schüssel Popcorn vorbereitet. Das ganze Haus duftete danach. Ihre Eltern waren froh darüber, dass sich ihre Tochter offenbar wieder gefangen hatte.

„Schön, dass ihr gekommen seid", begrüßte Sarah ihre Freunde. „Ich glaube, ich muss mich noch bei euch entschuldigen. Am Sonntag habt ihr mich zum Eisessen eingeladen. Ihr wolltet mich sicher etwas aufmuntern, weil ich so mürrisch drauf war. Das war eigentlich auch eine gute Idee. Aber ich ... ich meine, mir ging eine Menge Zeug durch den Kopf. Leider ist das auch noch nicht abgehakt."

Samuel und Dominik schauten sich irritiert an. Doch dann nickten sie und sagten gleichzeitig: „Schon in Ordnung!"

„Aber heute Abend wollen wir nicht mehr davon reden, okay?" Sie schob die DVD in den Player und ließ sich in einen der großen Sitzsäcke sinken.

In dem nun ablaufenden Film ging es um die Frage, ob Gott überhaupt existieren kann. Am Ende stand eine Sache fest: Gott drängt sich niemandem auf. Er möchte für uns da sein. Wir müssen nur offen für ihn sein. Zwar kann man Gottes Existenz nicht wissenschaftlich beweisen, doch gibt es eine riesige Menge von Hinweisen auf ihn, die nur einen Schluss zulassen: Gott ist nicht tot!

Nachdem Dominik, Paul und Samuel gegangen waren, betete Sarah zu Gott. Sie hatte es zwar schon immer gewusst, aber erst jetzt richtig begriffen, dass es nicht Gott gewesen war, der ihre Schwester über den Haufen gefahren hatte. Sie bat um Vergebung für ihre Anklage und konnte in der kommenden Nacht erstmals wieder ruhig schlafen.

Doch die Ruhe sollte nicht lange anhalten. Am nächsten Morgen rief Dominik seine Freunde an und teilte ihnen mit, dass er schnell ins Krankenhaus müsse. Sein Vater war wieder ins Koma gefallen.

Selbstverständlich kamen auch seine Freunde mit ins Krankenhaus, um ihm und seiner Familie beizustehen.

„Wie sieht es aus?“, erkundigte sich Samuel.

Dominik musste erst einen dicken Kloß hinunterschlucken. „Schlecht. Sehr schlecht. Der Arzt hat vorhin gemeint, Papas Chancen seien gleich Null. Wenn es hoch kommt, habe er noch ein paar Tage. Falls er wieder aus dem Koma erwacht.“

„Shit!“, presste Paul heraus.

Sarah umarmte Dominik und begann zu weinen. „Es tut mir so leid, Dom.“ Doch plötzlich hielt sie inne. Ihr Gesicht hellte sich auf, sie wischte ihre Tränen weg, und ein Lächeln breitete sich aus. „Wisst ihr, was mir gerade einfällt?“

„Ähm, nein.“

„Erinnert ihr euch an den Film von gestern Abend? Ich meine speziell die Handyaktion“, erklärte Sarah.

Paul überlegte. „Sprichst du von dem Aufruf, an zehn Leute die Botschaft zu schreiben: ‚Gott ist nicht tot‘?“

Sarah nickte eifrig. „Ja, genau. Was haltet ihr davon, wenn wir das so ähnlich machen?“

„Was genau meinst du?“ Samuels Aufmerksamkeit war geweckt.

Sarah lief einige Schritte auf und ab und überlegte laut: „Na ja, ich hab mir das so gedacht: Wir alle kennen ja eine Menge Leute. Darunter auch viele Christen. Wir könnten sie alle per SMS, WhatsApp oder E-Mail anschreiben und um Gebetshilfe bitten. Jeder von ihnen könnte seinerseits weitere Beter mit einladen.“

„Wow. Eine riesige digitale Gebetsgemeinschaft“, stellte Samuel fest.

Dominik machte große Augen. „Und du meinst, so etwas funktioniert im richtigen Leben?“

„Keine Ahnung.“ Sie zuckte mit den Schultern. „Was hindert uns daran, es zu versuchen?“ Sarah griff nach ihrem Handy und tippte los.

Auch Samuel und Paul tippten schon fleißig Gebetsaufrufe für Dominiks Vater.

Nun hieß es, zu warten. Das war das Schlimmste. Nach einer Weile hielt es selbst Samuel nicht mehr aus, der sonst für seine große Geduld bekannt war. Er begann ziellos durchs Internet zu surfen, streifte dabei diverse Instagram- und YouTube-Kanäle. Plötzlich stutzte er. Er schaute genauer hin. War das denn möglich? Er klickte noch einige Links weiter und durchforschte jetzt gezielter die sozialen Netzwerke. „Unglaublich!", hauchte er.

Erstaunt fragte Sarah nach: „Was hast du gefunden?"

Kopfschüttelnd stand er auf und zeigte seinen Freunden das Handy. „Da, schaut mal!" Während sie draufschauten, tippte er nacheinander auf mehrere geöffnete Websites. „Das sind fast alles Websites oder Kanäle in sozialen Netzwerken. Die reden alle über deinen Vater, Dom."

„Waaas?" Dominik verstand nicht.

„Überall wird um Gebetsunterstützung geworben. Sogar einige Kurzvideos mit Gebetsaufrufen habe ich gefunden. Viele davon sind schon mehrere hundert Mal angeklickt worden. Weißt du, was das heißt?"

Paul hob den Zeigefinger. „Dass inzwischen Hunderte von Menschen für Doms Vater beten!?"

Samuel nickte.

Dominiks Mutter war fassungslos, als ihr Sohn ihr von der Aktion berichtete, und brach in Tränen aus.

Plötzlich zuckte Dominiks Vater mit dem Finger. Dominiks Mutter, die die ganze Zeit die Hand ihres Mannes hielt, schreckte auf. „Was?"

Und wieder. Diesmal zuckte ein anderer Finger. Dann noch einer. Schließlich griff die ganze Hand zu und umfasste die Hand seiner Frau.

„Jonas!", schrie sie auf.

Langsam drehte er seinen Kopf in ihre Richtung. Dann hauchte er: „Du musst doch nicht so schreien, Beth." Mühsam öffnete er die Augen.

Dominiks Schwestern hatten die ganze Zeit traurig und sprachlos neben dem Bett gestanden. Doch jetzt brach die ganze Familie in Tränen aus, schluchzte und umarmte ihren Ehemann und Vater zart, wild und herzlich zugleich.

„Hust, hust." Sie waren alle so ungestüm, dass er kaum Luft bekam.

„Uff ... Kinder, langsam. Sonst erdrückt ihr euren Vater noch", mahnte Dominiks Mutter eindringlich.

Dominik rannte in den Gang hinaus und schrie seinen Freunden zu: „Mein Dad ist aufgewacht! Halleluja!"

Strahlend kamen sie ins Zimmer geeilt und freuten sich mit der ganzen Familie. Die große Aufregung blieb den Krankenschwestern natürlich auch nicht verborgen. So kamen sie kurz darauf mit einem Arzt im Schlepptau ins Zimmer und verscheuchten erst einmal die vielen Leute. Denn jetzt nahm Dominiks Vater ihre ganze Aufmerksamkeit in Anspruch.

„Wir kommen bald wieder, Jonas. Ich liebe dich!", sagte Elisabeth und gab ihm noch einen zarten Kuss auf die Stirn, ehe sie ging. „Kommt, Marianne, Josi. Wir warten draußen und lassen den Arzt ihn erst einmal untersuchen."

Nach einer Weile kam der Arzt kopfschüttelnd aus dem Zimmer, schaute Elisabeth verwirrt an und sagte knapp: „Frau Peters. Ihrem Mann geht es ... gut. Jedenfalls hat es den Anschein. Ich kann noch nicht sagen, warum. Wir müssen definitiv weitere Untersuchungen machen." Dann ging er nachdenklich weg.

Inzwischen kam eine Krankenschwester und erklärte: „Wenn Sie mögen, gehen Sie erst einmal nach Hause und schlafen Sie ein wenig. Sie waren ja die ganze Nacht hier und haben vermutlich kein Auge zugetan. Ihr Mann wird innerhalb der nächsten Stunden gründlich untersucht. Ich ..." Sie schaute sich kurz um und fuhr dann fort: „... darf es ja eigentlich gar nicht sagen, weil ich Ihnen keine Hoffnungen machen soll. Aber ... es sieht so aus, als wäre Ihr Mann über den Berg."

„Juhuu!“, jubelten Josi und Marianne.

„Dennoch schlage ich vor, dass Sie sich erst einmal kurz verabschieden und sich zuhause ein wenig ausruhen. Wenn es Neuigkeiten gibt, melde ich mich bei Ihnen. Versprochen!“

Alle waren total aufgeputscht und gleichzeitig fix und fertig. Deshalb folgten sie dem Rat der Krankenschwester und gingen nach Hause.

Die nächsten Tage zogen sich wie Gummi in die Länge. Jonas musste alle möglichen Untersuchungen und Tests über sich ergehen lassen. Die Ärzte konnten sich einfach nicht erklären, wieso er auf einmal so schnell gesund geworden war. Nach drei Tagen gestanden sie schließlich offiziell ein, mit ihrem Latein am Ende zu sein.

Irgendwie hatte das Lokalfernsehen Wind davon bekommen, und ein Reporterteam besuchte das Krankenhaus. Nach einer hitzigen Debatte mit der Krankenhausverwaltung wurde ihnen unter strengen Auflagen erlaubt, einen kurzen Bericht zu verfassen. Jonas und sein behandelnder Arzt erklärten sich sogar zu einem kurzen Interview bereit.

Der Reporter hielt dem Arzt ein dickes Mikrofon unter die Nase und legte los: „Herr Doktor Schmeller. Was können Sie uns über den Krankheitsverlauf des Patienten sagen?“

Der Arzt räusperte sich und sagte kurz und knapp: „Im Grunde nicht viel. Der Patient litt an Krebs im Endstadium, der sich sehr stark ausgebreitet hatte. Man kann sagen, am Ende war sein Körper nicht mehr richtig lebensfähig.“

„Aber wir alle können unzweifelhaft behaupten, dass Ihr Patient lebt ...“

In diesem Moment winkte Jonas fröhlich lächelnd in die Kamera.

„... und sich allem Anschein nach bester Gesundheit erfreut. Herr Doktor, was haben Sie getan? Wie haben Sie ihn behandelt?“

„Nun ja. Am Ende eigentlich gar nicht mehr. Aus medizinischer Sicht hatten wir alles Menschenmögliche getan."

Nun wandte sich der Reporter an Dominiks Vater.

„Herr Peters."

„Ach, nennen Sie mich einfach Jonas."

„Jonas, wir freuen uns alle sehr, dass es Ihnen wieder gut geht – wie durch ein Wunder, möchte man da sagen."

Jonas nickte nachdenklich. „Was Sie da sagen, halte ich für die einzig richtige Annahme. Sehen Sie, in den letzten Wochen hatte ich viel Zeit zum Nachdenken und Lesen. So habe ich auch in der Bibel gelesen. Dort fand ich einen bemerkenswerten Ausspruch: Durch seine Wunden seid ihr heil geworden. Das steht im 1. Brief des Petrus, Kapitel 2, Vers 24. Hier ist von Jesus Christus die Rede, der am Kreuz hing. Verwundet. Als er starb, siegte er über den Tod."

Der Reporter schien zu stutzen.

„Wollen Sie damit sagen, dass Sie überlebt haben, weil dieser Jesus gestorben ist?"

Lächelnd erklärte Jonas. „Das haben Sie richtig erkannt. Allerdings meine ich das nicht unbedingt nur im medizinischen Sinn. Sehen Sie, ich bin gewissermaßen zweifach gestorben und wiederauferstanden."

„Wie meinen Sie das?"

„Sehen Sie, jeder Mensch wird irgendwann einmal sterben. Für viele ist es dann aus und vorbei. Aber stellen Sie sich einmal vor, dass es nach unserem menschlichen, irdischen Leben weitergeht – ein neues Leben auf uns wartet. Dann muss man sich die Frage stellen, was mit einem passiert. Die Bibel sagt ziemlich deutlich, dass wir Menschen verloren sind. Wenn ich ganz ehrlich bin, muss ich gestehen, dass ich eine Menge Mist in meinem Leben gebaut habe. Die Bibel nennt das Sünde. Dadurch sind wir Menschen von Gott getrennt. Aber weil Gott gut zu uns ist, hat er eine Lösung für dieses Problem geschaffen. Er schenkte uns Jesus Christus, seinen Sohn. Deshalb feiern wir Weihnachten. Dieser Jesus starb stellvertretend – für Sie und für mich – für jeden Menschen – am Kreuz. Durch dieses Opfer wurde meine Lebensschuld vergeben. Ich habe dieses großartige Geschenk angenommen. Damit schenkte Gott mir ein neues – ewiges – Leben, das über meinen körperlichen Tod hinausgeht."

Der Reporter runzelte die Stirn. „Wenn Sie das so beschreiben, könnte man auf die Idee kommen, dass eigentlich jeder Mensch diese Erlösung oder wie Sie sagen – Vergebung – brauchen könnte."

Jonas nickte. „Sie haben vollkommen recht. Wissen Sie, was genial ist? Heute, gerade da, wo Sie sitzen oder stehen, können Sie Gott in Ihr Leben einladen, Ihre ganze Lebensschuld, den ganzen Mist, alles Böse, bei ihm abladen und Vergebung und neues Leben empfangen. Ich kann jeden Zuschauer nur ermutigen: Nimm Gottes Geschenk an! Sag ja zu Jesus Christus!"

Der Reporter musste erst einmal wieder Worte finden. Dann räusperte er sich und fragte: „Sie haben vorhin gesagt, dass Sie sozusagen zweifach ein neues Leben erhielten. Was ist das zweite?"

„Nun, einen tiefen Komazustand kann man durchaus als todesähnlich bezeichnen. Stimmen Sie mir zu, Herr Doktor?"

„Ja, da haben Sie recht, Herr Peters. Es gibt Formen des Komas, die sehr tiefgreifend sind."

„Da ich im Koma lag, jedoch wieder aufwachte und keine körperlichen Schäden davongetragen habe, bin ich quasi noch einmal neu geboren worden."

„Das klingt ... wirklich erstaunlich. Ich muss zugeben, ich verstehe bestenfalls die Hälfte von dem, was Sie da erzählen. Ich glaube, darüber muss ich wohl noch einmal nachdenken." Verlegen lachte der Reporter und fuhr fort: „Aber das bringt mich zu einer weiteren Frage: Wie war es? Sie haben eine Nahtoderfahrung gemacht. Sind Sie dem Teufel oder Gott begegnet? Was haben Sie erlebt?"

Dominiks Vater überlegte kurz, legte den Kopf leicht zur Seite und flüsterte: „Etwas Unbeschreibliches."

In diesem Moment hob der Arzt die Hand und leitete damit das Ende des Interviews ein.

„Vielen Dank für Ihre Zeit, Jonas, Herr Doktor Schmeller." Mit diesen Worten verabschiedete sich der Reporter.

Am nächsten Tag besuchten Dominik und seine Freunde früh am Morgen noch einmal seinen Vater im Krankenhaus, um sich nach ihm zu erkundigen.

„Ah, hallo, Kinder. Ich freue mich, dass ihr vorbeikommt. Endlich kann ich mich bei euch bedanken. Ich kann euch gar nicht sagen, wie dankbar ich bin." Eine Träne kullerte über sein Gesicht. Es war eine Freudenträne, dessen waren sich alle Anwesenden sicher. „Dominik hat mir von eurer geplanten Reise erzählt. Wisst ihr was? Mir geht es ja wieder ziemlich gut. Die Ärzte finden keinen Grund mehr, warum sie mich noch hierbehalten sollten."

Sarah machte große Augen: „Soll das heißen, Sie dürfen endlich wieder nach Hause?"

Jonas nickte. „So sieht es aus. Mit etwas Glück werde ich heute noch entlassen."

„Juhu! Das ist ja super!", jubelten Dominik und Samuel.

„Deshalb würde ich mich freuen, wenn ihr eure Reise antretet – gemeinsam."

Dominik zog die Augenbrauen hoch. „Meinst du wirklich?"

Jonas nickte nachdrücklich. „Absolut. Schau, ich habe deine liebe Mutter und deine beiden Schwestern. Ich werde niemals allein sein."

„Und Sie haben Jesus gefunden", fügte Sarah lächelnd hinzu.

„Ja, das stimmt. Das ist das Wichtigste. Aber bitte, nennt mich Jonas. Okay?"

„Jepp, alles klar, Jonas", lachte Sarah, machte einen Schritt zur Tür und sagte fröhlich: „Na, dann los! Worauf wartet ihr?"

Rettungsmission mit Hindernissen

Kapitel 4

Der heiß ersehnte Nachmittag kündigte sich endlich an. Dominiks Familie bekam Nachricht, dass sie ihren Vater tatsächlich aus dem Krankenhaus abholen durften. Dominik öffnete die Wohnungstür und sah eine fröhlich lächelnde Sarah samt Samuel und Paul vor sich. Markus wartete im Auto und fuhr mit Familie Peters und Sarah zum Krankenhaus, während Samuel und Paul auf ihren Rädern hinterherdüsten.

Es war schon etwas Besonderes, fast Unwirkliches, als Jonas das Krankenhaus auf seinen eigenen Füßen verlassen konnte. Man sah ihm die Strapazen der letzten Wochen an. Doch gleichzeitig freute er sich so sehr und genoss den ersten Tag seines neuen Lebens. Es wurde langsam dunkel, doch für ihn strahlte dieser Tag umso mehr.

Sarah hakte sich bei ihm ein und begleitete ihn zum Auto. „Jonas, ich bin echt froh, dass die Ärzte sich geirrt haben und du keinen gesundheitlichen Rückfall erlitten hast."

„Gott sei Dank!", antwortete er voller Überzeugung und wandte sich an Samuel. „Würdest du mir bitte bei einer technischen Sache helfen?"

„Aber klar. Was liegt an?" Samuel freute sich immer, wenn er mit seinem technischen Wissen glänzen konnte. Doch was Jonas dann vorschlug, hätte er nicht erwartet.

Nachdem Jonas zu Hause einquartiert worden war, gingen Paul und Sarah wieder heim. Samuel blieb noch. Den Grund dafür sollten sie am darauffolgenden Sonntag erfahren, an dem Samuel seine Freunde zum 10-Uhr-Gottesdienst in die Villsteiner Marktkirche einlud.

Gespannt und neugierig betraten viele Familien die Kirche, so auch die Steinbachs, Flemigers, Goosenbachs und die halbe Familie Peters. Jonas war mit seiner Frau zu Hause geblieben. Samuel schien auch zu fehlen. Sarah wunderte sich gerade, aber da ging es auch schon los. Nach einem schwungvollen Orgelstück begrüßte der Pfarrer die Gemeinde und leitete den Sonntagsgottesdienst mit einem Gebet ein. Dann stimmten die Leute in das Lied *Großer Gott, wir loben dich* ein, und der Pfarrer begann seine Predigt. Mittendrin verschwand er plötzlich von der Kanzel, und der Beamer erhellte die Leinwand.

Auf einmal erschien eine Videobotschaft von Dominiks Vater. „Liebe Beter und Unterstützer. Für alle, die mich noch nicht kennen: Mein Name ist Jonas Peters, und ich danke euch und Ihnen für die großartige Unterstützung."

„Was?" Dominik staunte.

Paul flüsterte Sarah zu: „Jetzt weiß ich, wo Samuel abgeblieben ist."

Sarah zuckte mit den Schultern.

„Er steht bestimmt hinter der Kamera und filmt Jonas."

„Ah, das ergibt Sinn."

Da sprach Jonas auch schon weiter: „In den letzten Wochen durchlitt und durchlebte ich anstrengende Tage mit Höhen, aber auch deutlichen Tiefen. Ich bin dankbar, dass ich meine Familie wiederhabe. Aber ich bin noch viel dankbarer, dass Jesus mich errettet hat – und das darf man durchaus wörtlich nehmen. Als ich vor wenigen Tagen wieder ins Koma fiel, waren sich die Ärzte sicher, dass ich sterben würde. Aber Gottes Plan war ein anderer. Wie ich im Nachhinein erfuhr, wurde eine große Gebetsaktion für mich organisiert. Wie heißt es so schön in der Bibel, in Lukas 11,10? Wer bittet, der empfängt. So viele Menschen haben für meine Genesung gebetet. Du hast für mich gebetet. Herzlichen Dank dafür! Du – ihr alle – habt Gottes Arm bewegt. Gott erhört Gebet und schenkt Wunder. Ich bin geheilt. Ihm sei die Ehre. Vielen Dank!"

Spontan ertönte großer Beifall, und die ganze Kirche klatschte und erbebte vor Jubelrufen und lauten Fußtritten.

Einen Moment lang wartete Pfarrer Anton noch. Dann ging er nach vorn, drehte sich zum Kreuz und kniete sich hin. Viele taten es ihm gleich. Man kniete sich hin, wo man gerade war, und dankte Gott für seine Hilfe und Freundlichkeit.

Den Sonntagnachmittag verbrachten die Familien unter sich. Vor allem Jonas war sehr froh, endlich eine echte Familienzeit zu Hause erleben zu dürfen.

Etwas später schrieb Samuel eine SMS an seine Freunde, die die Stimmung gleich wieder in den Keller schickte. „Hey Leute, wisst ihr, was mir heute eingefallen ist? Obwohl es natürlich super ist, dass Jonas wieder fit ist, sind nun die Ferien vorbei. Morgen geht die Schule wieder los. Das heißt also: Nix Schottland."

In gedrückter Stimmung fanden sich die vier Freunde bei Steinbachs im Wohnzimmer ein. Markus hatte sie nämlich noch am Abend eingeladen. Er sprach von einer unerwarteten Überraschung.

Lustlos und deprimiert ließen sich die vier auf das Sofa plumpsen.

Freudestrahlend kam Markus hereinstolziert und hielt einen beigefarbenen Briefumschlag in der Hand. „Das, meine sehr verehrten Gäste", grinste er und wedelte mit dem Brief herum, „ist eure Überraschung. Der wurde mir vorhin höchstpersönlich übergeben. Wer will ihn öffnen?"

„Ich, bitte!", rief Sarah. „Ich liebe Briefe!"

Markus reichte ihr einen Brieföffner, setzte sich gemütlich in einen Sessel und schlürfte einen heißen *Earl Grey*-Tee.

„Nun lies schon vor!", drängte Samuel ungeduldig.

„Also ... *Liebe Sarah, lieber Samuel, lieber Dominik und lieber Paul, im Sommer habt ihr eine nicht unerhebliche Zeit damit verbracht, unsere schöne Stadt vor dem Untergang zu bewahren. Um unseren Dank und unsere Wertschätzung zu bekräftigen, möchten wir euch sozusagen ein Stück dieser Zeit zurückgeben. Nach Rücksprache mit der Schulleitung darf ich euch daher mitteilen, dass Ihr eine volle zusätzliche Ferienwoche geschenkt bekommt, und zwar direkt im Anschluss an die Herbstferien. Viel Spaß bei Eurer nächsten Rettungsmission! Hochachtungsvoll, der Bürgermeister.*"

„Wow! Das ist ja mal genial!", freute sich Dominik.

Samuel nickte anerkennend. „Find ich nett."

Paul verschränkte die Arme und musste grinsen. „Sag mal, Paps, wie kommt der werte Herr Bürgermeister denn auf die Idee, dass wir uns vor einer weiteren Rettungsmission befinden könnten?"

„Ach, das?" Markus winkte lachend ab. „Tja, wer weiß. Vielleicht hat es ihm ein Vögelchen gezwitschert."

Sarah musste lachen und umarmte Markus herzlich. „Danke, du liebes Vögelchen."

In diesem Moment betrat Maria das Wohnzimmer und trug einen dicken Packen Papier und mehrere Hefter herein. „Mom, soll ich dir tragen helfen?", bot Paul an.

„Nein, nein. Das geht schon. Aber ihr könnt uns beim Planen helfen."

„Planen?" Dominik kratzte sich am Kopf. „Was sollen wir denn heute Abend noch planen?"

Pauls Mutter legte den Stapel ab und stützte lachend die Hände in die Hüfte. „Na, mein Lieber, eure Reise nach Schottland natürlich. Die beginnt morgen."

„Was, morgen schon?" Sarah sprang auf. „Meine Mutter ..."

„... weiß schon Bescheid", ergänzte Maria. „Und sie freut sich übrigens, dass du mit dabei bist."

„Wow!"

Die nächste halbe Stunde verbrachten sie damit, einen Flug zu buchen, die Abholung durch Donella mit dem Auto zu terminieren und ein passendes Zeitfenster für die Überfahrt mit der Autofähre auf die Insel Skye zu finden. Alle schnatterten wild durcheinander. Es wirkte wie in einem Hühnerstall.

Schließlich schlug der Gong der großen Pendeluhr im Wohnzimmer und zeugte von der nahenden Nacht.

„So, meine Freunde. Es ist elf Uhr", erklärte Paul. „Wir sollten wohl noch eine Mütze Schlaf nehmen. Wenn ich das richtig einschätze, werden wir fast den ganzen Tag unterwegs sein."

„Du hast recht", pflichtete sein Vater ihm bei. „Wir sollten halbwegs fit sein für Cardiff Castle."

„Wir werden in einem richtigen Schloss wohnen?", unterbrach Sarah aufgeregt.

„Ja, so ist es", nickte Markus.

„Krass! Ich kann's kaum erwarten!"

Markus ging in den Flur. „Jetzt aber ab nach Hause. Wir holen euch zwischen halb und viertel vor acht der Reihe nach ab."

„Okay, dann bis morgen."

„Tschüss."

Sarah winkte noch zum Abschied. „Macht's gut!" Voll innerer Anspannung marschierte sie nach Hause. Sie spürte regelrecht ein Kribbeln im Bauch, als sie darüber nachdachte, wie sie als vorübergehende Schlossherrin ... „Oh, Mann." Lachend klatschte sie sich an die Stirn und murmelte: „Ich bin echt ein bisschen durchgeknallt."

In dieser Nacht konnte kaum einer richtig schlafen. Schon bevor die Sonne aufging, war Sarah bereits aufgestanden und hatte ihre große Reisetasche gepackt. Es war gar nicht so einfach, sich auf eine einzige Tasche zu beschränken, noch dazu mit Gewichtsbegrenzung. Nach einem hektischen Frühstück stellte sie alles bereit und wartete.

„Guten Morgen!", begrüßte ihre Mutter sie gähnend. „Du bist aber schon früh auf."

„Ich möchte pünktlich sein", erklärte Sarah.

Mit halb geöffneten Augen schaute ihre Mutter auf die Uhr. „Sagtest du nicht, Markus holt euch um Viertel vor acht ab? Jetzt ist es kurz vor sieben."

Verwundert schaute Sarah auf ihre Armbanduhr und stutzte. „Na, so was. Ich dachte, es wäre schon viel später."

In diesem Augenblick erhielt sie eine WhatsApp. „Moin Moin. In fünfundvierzig Minuten vor dem Haus", schrieb Paul.

„Wenn du wüsstest", murmelte Sarah und schrieb zurück: „Du wirst lachen, ich warte jetzt schon."

So kam es, dass Sarah noch ein zweites Frühstück zu sich nahm. Diesmal in Ruhe, mit ihren Eltern. Dann war es endlich so weit. Markus parkte das Auto in der Einfahrt und hievte die große Reisetasche in den Gepäckraum. „Meine Güte, was hast du denn da drin?", keuchte er. „Gut, dass wir vor einiger Zeit ein größeres Auto gekauft haben."

„Och, na ja. Eigentlich ist da nur das Nötigste drin."

Die Jungs saßen schon im Auto und griffen sich an den Kopf. „Ein Wunder, dass du mit nur einer Tasche auskommst", rief Samuel frech.

„Ha ha!", nörgelte Sarah.

Markus meinte nur: „Hoffentlich hast du die zulässige Gewichtsgrenze nicht überschritten."

„Ganz bestimmt nicht. Hatte sie die ganze Zeit auf der Waage stehen", erklärte Sarah bestimmt und setzte sich ins Auto.

„Hallo Sarah. Gut geschlafen?", fragte Maria, die vorne mitfuhr.

„Na ja, nicht wirklich. Du fährst sicher mit, um das Auto vom Flughafen wieder zurückzufahren, oder?"

Maria nickte und lächelte. „Das wird bestimmt eine spannende Zeit für euch."

Markus schloss die Heckklappe, und Sarah winkte ihren Eltern zum Abschied. „So, Kinder, schnallt euch bitte an, es geht los."

Die Fahrt zum Flughafen verging ziemlich schnell, denn die Freunde hatten sich eine Menge zu erzählen. Da bisher keiner von ihnen je in einem Flugzeug gesessen hatte, erschienen ihnen die Maschinen aus der Nähe umso gewaltiger.

Maria gab ihrem Mann einen Kuss zum Abschied. „Ich liebe dich! Passt auf euch auf!"

„Ich liebe dich auch. Mach dir keine Sorgen", lächelte Markus. „Wir kommen schon klar. Außerdem: Wir haben einen, der uns ständig begleitet und auf uns achtgibt."

Zu den Kindern gewandt sagte sie: „Ich wünsche euch viel Erfolg bei eurer Rettungsmission. Der Herr Jesus segne euch!"

Während sie im Terminal warteten und Markus gemeinsam mit Paul die Abreiseformalitäten erledigte und das Gepäck aufgab, rollte gerade eine Boeing 747 am Fenster vorbei.

„Wow!", staunte Dominik. „Aus der Nähe betrachtet ist das Ding ja noch größer, als ich dachte."

Samuel hatte seinen Blick bereits an die Fluganzeigetafel geheftet und suchte nach ihrem Flug.

„Iverness ... 8:45 ... Lufthansa. Das muss es sein."

Gerade kam Markus wieder zurück. „Na? Hast du unsere Gate-Nummer gefunden?"

Dominik kratzte sich mal wieder am Kopf und schaute sich irritiert um. „Das scheint mir alles ziemlich kompliziert zu sein. Hier verläuft man sich doch."

„Ach, na ja." Markus versuchte ihn zu beschwichtigen. „Eigentlich ist das nicht viel anders wie auf einem großen Bahnhof. Das Gate entspricht im Grunde dem Bahngleis. Hier haben wir unsere Bordkarten."

„So eine Art Fahrschein?", überlegte Dominik.

Markus nickte. „Genau. Schau mal, hier stehen zum Beispiel der Name, die Flugnummer und die Sitzplatznummer."

Sarah staunte. „Wir fliegen sogar Business Class? Nicht schlecht."

Nun hieß es wieder warten. Endlich rollte ihr Flugzeug zum Terminal. Über die Fluggastbrücke betraten sie schließlich zum ersten Mal ein Flugzeug. Die Plätze waren schnell gefunden. Kurz bevor es losging, erhielten die Passagiere noch eine Einweisung vom Bordpersonal.

Sarah hatte das Glück, am Fenster zu sitzen. Sie beobachtete, wie die Stadt unter ihnen vorüberzog und die Häuser immer kleiner wurden. Schließlich flogen sie in die Wolken und schwupps!, war draußen nichts mehr zu sehen. Eine Weile starrte sie noch in die Wolken. Irgendwie wirkte das einschläfernd. So dauerte es nicht lange, bis sie eingeschlafen war. Jetzt machte sich der Schlafmangel der letzten Nacht wohl doch bemerkbar.

Plötzlich rüttelte sie jemand. „Hey, Sarah! Wach endlich auf! Wir setzen zum Landeanflug an. Du musst deine Lehne hochklappen! Gleich sind wir in London."

„Jawohl, für Königin und Vaterland", nuschelte sie völlig verschlafen.

Die Jungs mussten lachen. „Was für'n Ding?"

„Äh, was?" Sarah rekelte sich, gähnte kräftig und schaute nach draußen. In diesem Moment überflogen sie gerade die Themse.

„Wir machen einen Zwischenstopp hier in London. Dann geht es direkt weiter in die schottischen Highlands nach Iverness."

Während des Weiterflugs überlegten die Freunde bereits fieberhaft, woran der Professor wohl gearbeitet haben könnte. Wozu sollte man einen alten Mann kidnappen? Wo hatte man ihn wohl versteckt? Ob die Sektion13 etwas damit zu tun haben könnte? Fragen über Fragen, auf die es momentan noch keine Antworten gab. Etwa eineinhalb Stunden später überflogen sie ein großes Bergareal und konnten in der Ferne das Meer ausmachen. Wenig später waren sie gelandet und warteten in der Halle auf ihr Gepäck.

Samuel meinte: „Ich hab gelesen, dass es öfters mal vorkommt, dass Gepäckstücke entweder verschwinden oder ganz woanders landen."

„Ach, du Schreck!" Sarah war gar nicht wohl bei der Aussicht, ihre kostenbaren Kleidungsstücke zu verlieren. Und vor allem die neuen Nike Air Max, die sie von ihren Eltern erst kürzlich erbettelt hatte.

Doch zu ihrer großen Freude entdeckten sie nach einiger Zeit alle ihre Gepäckstücke auf dem Gepäckband - vollständig.

Paul schaute sich um und stellte fest: „Die Flughalle ist ziemlich klein. Da dürften wir schnell durch sein."

Markus ging voran und hielt Ausschau nach dem vereinbarten Taxi. Viele Autos standen nicht draußen.

„Ah, *hello*. Äh ... guten Tag", sprach eine rotblonde Frau mittleren Alters und mit schottischem Akzent die Reisegruppe an. „Markus, danke, dass du gekommen bist." Dann wandte sie sich an die Kinder. „Ihr müsst die vier berühmten Detektive aus Deutschland sein, ja?"

„Berühmt? Also, ich weiß nicht." Samuel schüttelte den Kopf.

„Ach", winkte sie ab. „Keine falsche Bescheidenheit. *Welcome in Scotland*. Wir freuen uns, dass ihr es einrichten konntet."

„Wir?", fragte Dominik neugierig zurück.

„*Yes*, äh, meine vierzehnjährige Tochter Hailey ist auch auf dem Schloss. Sie ist total neugierig und will euch unbedingt kennenlernen. Jetzt aber los. Wir müssen ... wie sagt man ... *hurry up* ..."

„... uns beeilen?", kam Paul zu Hilfe.

„*Yes*, genau. Beeilen. Sonst verpassen wir die *ferry*, äh, Fähre. Bitte einsteigen. Ich hoffe, ihr habt genug Platz."

„Danke, es wird schon gehen." Samuel wollte besonders höflich klingen.

Dominik neckte ihn gleich wieder. „Ja, kein Problem, Miss. Samuel hat heute extra wenig gegessen."

„Du!"

„Ach ja, *sorry*. Ich hatte ganz vergessen, mich vorzustellen. Ihr kennt mich ja noch gar nicht. Mein Name ist Donella Emilia Cardiff, ich bin die Tochter von Professor Cardiff. Aber ihr könnt mich gern Emy nennen. Donella mochte ich noch nie. Euren Vater lernte ich damals über meinen Vater kennen."

Nachdem sie losgefahren und das Flughafengelände hinter sich gelassen hatten, fragte Emy: „So, und nun sagt, hattet ihr einen angenehmen Flug?"

Paul nickte. „Ja, alles super und total spannend. Wissen Sie – äh, du – bis auf Markus waren wir alle heute zum ersten Mal mit dem Flieger unterwegs."

„Ich muss gestehen", sagte Sarah leise, „dass ich beim Abflug schon ein wenig Angst hatte. So ein komisches Kribbeln im Bauch."

Emy lächelte verständnisvoll. „Ja, das ist völlig normal. Ging mir auch so."

Nach einer langen Autofahrt vorbei an imposanten Bergen und dem berühmten See *Loch Ness* erreichten sie schließlich den Fährhafen Mallaig an der Westküste Schottlands.

Zielsicher steuerte Emy den Wagen zum Ferry-Terminal. Zum Glück dauerte es nicht lange, bis sie auf die Fähre fahren konnten. Ein paar Minuten später legte das Schiff ab und steuerte die offene See an.

„Das war jetzt *a little bit* knapp", meinte Emy. „Aber leider hatte euer Flugzeug Verspätung. Na ja. Hat ja noch geklappt. Ich werde mal nachsehen, ob wir nicht einen Snack bekommen. Bin gleich wieder da."

Sarah stand an der Reling und genoss die frische Seeluft. Sie atmete tief ein. „Aaahh. Das hab ich vermisst. Ich liebe die Seeluft."

Da kam Emy auch schon wieder. „*Good news.* Ich habe einen freien Tisch für uns reserviert. Kommt mit. Ihr seid bestimmt hungrig."

Das waren sie in der Tat. In all der Aufregung hatten sie ganz vergessen zu essen. Da kam ihnen Emys Einladung gerade recht.

Dominik hatte sich eine extra große Portion *Fish & Chips* bestellt und wollte gerade ein Stück Fisch in den Mund stecken, als plötzlich ein Ruck durch das Schiff ging und das

Motorengeräusch erstarb. „Ups. Hat das Schiff Schluckauf?", witzelte er.

Samuel spähte aus dem Fenster. Dann erklärte er: „Ich glaube, wir fahren nicht mehr. Bestenfalls treiben wir noch ein wenig."

Dann kam eine Durchsage des Kapitäns: „Sehr geehrte Gäste! Aus einem bisher unbekannten Grund ist der Antrieb ausgefallen. Wir arbeiten mit Hochdruck daran, die Maschinen wieder flottzukriegen, und bitten für alle Unannehmlichkeiten um Entschuldigung."

„Na, wir haben ja ein Glück!", prustete Dominik, nachdem Emy ihnen das, was sie von der englischen Durchsage nicht verstanden hatten, übersetzt hatte, und kaute genüsslich auf seinem Fisch herum.

Sarah lachte. „Ja, du bist ja auch gut versorgt."

Pauls Synapsen begannen zu arbeiten. Er beugte sich über den Tisch und flüsterte geheimnisvoll: „Und wenn das nun kein Zufall war?"

„*Oh no, please,* äh ... keine Paranoia", grinste Emy.

Doch Markus wurde ernst. „Nun, Pauls Instinkte liegen meist richtig. Ich schlage vor, wir bilden zwei Gruppen und schauen uns auf dem Schiff ein wenig um, soweit das möglich ist. Vielleicht entdecken wir etwas Ungewöhnliches."

„Oder Verdächtiges?", ergänzte Sarah grinsend.

Zusammen mit Dominik und Emy schlenderte sie anschließend über das Deck. „Oh nein, guckt mal da!" Sarah zeigte nach draußen aufs Meer.

„*That is fog.* Ich meine, Nebel", erklärte Emy.

„Ist das nicht gefährlich, wenn wir bewegungslos mitten im Meer treiben und Nebel aufzieht?"

Mit ernstem Blick schaute Emy aufs Wasser und nickte. „*Yes,* das stimmt. Aber sieh's doch mal positiv. Auf diese Weise lernst du unser Ziel, die Insel Skye, gleich von ihrer besten Seite kennen. Skye bedeutet nämlich so viel wie *Insel des Nebels.*"

„Uh, das klingt aber gruselig." Sarah schüttelte sich.

„Ach, nein. Skye ist eine wunderschöne Insel. Da gibt es viel zu entdecken. Herrliche Berge, steile Klippen und ..."

„*Excuse me!*", schrie ein Crewmitglied, das gerade angerannt kam.

Schnell sprang Dominik zur Seite. „Huch! Sind die hier immer so hektisch drauf?"

„Nein." Emy schüttelte langsam den Kopf. „Eigentlich überhaupt nicht. Da stimmt etwas nicht. Kommt!" Emy führte Sarah und Dominik zur Brücke.

„Du kennst dich aber gut aus", bemerkte Sarah.

Emy winkte ab. „Ach, das ist keine Kunst. *This is a small ship.* Außerdem ist der Kapitän ein alter Freund von mir." Oben angekommen klopften sie an die Luke. Schnell kam ein Crewmitglied herbei. Der Matrose wollte sie schon verscheuchen, doch der Kapitän machte ihm durch ein Handzeichen klar, dass sie bleiben durften. Er selbst war hektisch damit beschäftigt, Befehle zu erteilen. Emy erkundigte sich nach dem aktuellen Status. Er erklärte, dass der Antrieb ausgefallen sei und jemand das Funkgerät sabotiert hat: Der Motorschaden sei bisher ungeklärt, und zu allem Überfluss solle in Kürze ein Segelschiff hier entlangfahren. Da sie aber bewegungslos im Wasser lägen, bestünde Kollisionsgefahr.

Schnell stiegen Emy, Dominik und Sarah wieder hinab und suchten die anderen, um sie zu informieren.

„Dann heißt es jetzt: Ran an die Arbeit!", rief Samuel. Er sprühte regelrecht vor Abenteuerlust.

Markus überlegte laut: „Vielleicht sind wir die einzige Rettung für das Schiff."

„Ich habe eine Idee", sagte Paul. „Samuel, du bist unser Technikgenie. Ich schlage vor, dass du mit Markus und Dominik in den Maschinenraum gehst. Aber haltet euch bedeckt. Wer weiß, wem wir hier trauen können."

Markus fügte hinzu: „Emy, könntest du bitte noch einmal zur Brücke gehen und den Kapitän davon überzeugen, dass wir helfen wollen? Es wäre gut, wenn wir uns frei auf dem Schiff bewegen könnten. Sonst kommen wir vermutlich nicht in den Maschinenraum rein."

„Ja, gut. Das mache ich. Aber wir müssen uns beeilen! Der Nebel nimmt zu!", mahnte Emy.

Paul überlegte: „Also, ich nehme an, dass die Maschinen eine Computersteuerung besitzen. Das ist ja ein ziemlich modernes Schiff."

„Gut möglich", bestätigte Samuel.

„Als wir vorhin auf der Brücke waren, habe ich mitbekommen, wie sich zwei Männer angeregt unterhielten. Einer von beiden war der Chefingenieur, glaube ich. Er behauptete steif und fest, der Computer könne keinen technischen Defekt an der Antriebsmaschine feststellen. Doch wie wir wissen, kann man mit Computern eine Menge anstellen, also auch unauffällig sabotieren."

Samuel ging einige Schritte hin und her. „Die Computersteuerung findet keinen Fehler? Das kann eigentlich nicht sein. Immerhin ist der Fehler offensichtlich. Aber es wäre natürlich möglich, dass ein Hacker dem Computer vorgaukelt, dass alles in Ordnung sei."

„Genau. Das hat mich stutzig gemacht. Vielleicht findet ihr etwas."

Markus, Samuel und Dominik machten sich auf den Weg.

„Und was machen wir in der Zwischenzeit?", fragte Sarah achselzuckend.

Paul erklärte: „Wir beide durchforsten jetzt aufmerksam den ganzen öffentlichen Bereich. Ich wette, dass sich hier jemand herumtreibt, der irgendwie auffällig ist."

„Uff. Also gut."

Minutenlang liefen sie quer durchs ganze Schiff, konnten aber nichts Verdächtiges entdecken.

Auf einmal nahm Sarah ein quietschendes Geräusch wahr. „Was ist das?" Sie drehte sich um und horchte. „Ich glaube, das kommt von Backbord. Hörst du dieses komische Geräusch? Los, komm! Wir sollten uns das mal anschauen."

Gemeinsam liefen die beiden zur linken Seite des Schiffes, kamen aber nicht weit. Jemand hatte den Zugang mit Flatterband abgesperrt.

„Na, so was", murmelte Paul. „Vorhin war das noch nicht da." Ohne lange zu zögern, hob Paul das Band hoch und bedeutete Sarah hindurchzuschlüpfen. Gemeinsam gingen sie weiter und erreichten die Rettungsboote. „Ey, was ist denn hier los?"

Sarah machte große Augen. „Lässt dieser Mann etwa gerade das kleine Beiboot zu Wasser?"

Sie sahen gerade noch, wie der Mann unten ankam, das Boot vom Haken löste und den Motor anwarf. Dann fuhr er mitten in den Nebel hinein.

„Das gibt's ja wohl nicht. Wo will der denn hin?" Sarah war einigermaßen entsetzt.

Inzwischen hatte Paul sein Fernglas herausgeholt und versuchte, etwas im Nebel zu erkennen. Da vernahm er das Klingeln einer entfernten Glocke. „Hörst du das auch?"

Sarah schloss die Augen und horchte. „Ist das eine Glocke?"

„Also, wenn ich nicht irre, benutzt man sie als Orientierungshilfe im Nebel. Leider kann ich überhaupt nichts erkennen."

Sarah griff zum Fernglas. „Darf ich mal?"

„Klar, hier."

„Hm ... nichts." Sie wollte das Fernglas gerade wieder absetzen, da lüfteten sich die Nebelschwaden für einen kurzen Moment. „Boah, ey. Da ist noch ein Schiff, eine kleine Yacht. Und wenn ich nicht irre, fährt der Mann genau darauf zu. Moment mal, was ist das?"

„Was siehst du?"

„Ich ... bin mir nicht sicher. Ein Symbol. Da ist ein Zeichen auf dem Schiffsrumpf. Eine Schlange, wenn ich nicht irre und ein ... ach, Mist. Wieder weg."

In diesem Moment sprangen die Motoren wieder an.

„Na endlich!", rief Sarah erleichtert.

„Ich ... hoffe, es ... es war rechtzeitig", stotterte Paul und zeigte mit zittriger Hand aufs Wasser.

„Ach, du Schreck!", schrie Sarah und riss Paul von der Reling weg.

Direkt vor ihnen tauchte ein großes Segelschiff aus dem Nebel auf und fuhr auf die Fähre zu. Aus der Entfernung konnten die beiden sehen, wie jemand mit einer Leuchtpistole in die Luft schoss. Die Maschinen heulten auf und gaben alles. Der Steuermann fuhr eine enge Kurve, und das Segelschiff steuerte gegen. Mit wenigen Metern Abstand passierte es die Fähre.

Es hatte den Anschein, dass alle Fahrgäste gleichzeitig die Luft angehalten hatten. Denn nun atmeten alle erst einmal tief durch.

„Puhhh. DAS nenn ich mal knapp!", keuchte Emy, die mit den anderen gerade an Deck kam.

Paul, noch immer ganz zittrig, schaute Samuel fragend an. „Und?"

„Du hattest recht. Wir haben den Maschinenraum und die Zugangsbereiche gründlich durchsucht. Dabei ist mir eine ungewöhnliche Apparatur aufgefallen."

„Genau", ergänzte Dominik. „Mich hat sie sofort an den Störsender in Villstein erinnert."

Samuel fuhr fort: „Dieses Ding war an einem Netzwerkverteilerknoten angebracht. Leider hatte ich keine Ahnung, wie ich ihn hätte deaktivieren sollen. Markus hat mit dem Chefingenieur gesprochen, und ehe ich reagieren konnte, hatte sich Dominik schon eine Notfallaxt geschnappt und ausgeholt. Ich konnte gerade noch in Deckung gehen."

„Autsch."

„Tja, was soll ich sagen. Es hat funktioniert. Der Störsender ist im Eimer, und die Maschinen sind wieder angesprungen. Zum Glück blieb der Verteiler unversehrt." An Dominik gewandt fügte er hinzu: „Das nächste Mal warnst du mich aber vor!"

„Ich darf euch sagen, ihr wart keine Sekunde zu früh!", erklärte Sarah. „Wir haben gesehen, wie ein Segelschiff direkt auf uns zugefahren kam, als der Motor endlich wieder ansprang und die Fähre ausweichen konnte."

„Gott sei Dank konnten beide Schiffe gerettet werden!", meinte Emy.

„Ja, Gott können wir dafür wirklich danken. Das war schon genug Aufregung für einen ganzen Urlaub", keuchte Markus.

Von der mysteriösen Yacht, die Sarah entdeckte hatte, war nichts mehr zu sehen. Sie fragte sich inzwischen, ob sie sich das am Ende alles nur eingebildet hatte. Beim Anlegen im Zielhafen Armadale verabschiedete der Kapitän die Kids persönlich und bedankte sich herzlich bei ihnen. Obwohl sie die Hälfte nicht verstanden – der Kapitän sprach mit starkem schottischem Akzent –, sahen sie ihm die Erleichterung deutlich an.

Den Rest der Reise fuhren sie mit dem Auto auf einer der wenigen Inselstraßen der Insel Skye nach Norden. Da sich der Nebel inzwischen verzogen hatte, konnten sie die Aussicht genießen. Etwa eine Dreiviertelstunde später bogen sie rechts ab und fuhren eine schmale Straße ins Tal hinab, durchquerten ein Minidorf und fuhren einen Berg hinauf. Oben angekommen stoppte Emy das Auto auf dem Randstreifen der Straße. „So, da wären wir. Entschuldigt bitte, dass ich euch nicht reinfahren kann. Aber aufgrund der Bauarbeiten an der Stromversorgung ist die Zufahrt leider gesperrt."

Samuel winkte ab. „Ach, das macht doch nix. Wir sind doch keine Rentner." Dann grinste er Markus an. „Na ja, jedenfalls die meisten von uns."

Emy lachte. „*It seems, the* Jugend ist überall ziemlich ähnlich frech."

Markus schmunzelte, sagte aber nichts.

„Moment, ich helfe euch beim Entladen", sagte Emy und öffnete die Heckklappe des Autos.

Eher am Rande beobachtete Paul die Arbeiter, die an einem der Stromverteilerkästen hantierten. Irgendetwas kam ihm dabei seltsam vor, aber er konnte es nicht benennen. Argwohn stieg in ihm auf. Doch Emy lenkte ihn sofort wieder ab.

„Bevor wir reingehen, kommt einmal mit." Sie führte ihre fünf Gäste durch ein kleines Wäldchen, eine Anhöhe hinauf. „Genießt die Aussicht erst einmal. Jetzt – ohne Nebel – lohnt sich das wenigstens."

Das ließen sich unsere Freunde nicht zweimal sagen.

Emy hatte nicht zu viel versprochen. Sie befanden sich hier etwa hundert Meter über dem Wasser. Vor ihnen fiel der Hang steil ab und bildete an einigen Stellen gefährliche Klippen. Dabei bot sich ihnen ein grandioser Ausblick über eine große Bucht mit majestätischen Bergen auf der anderen Seite. Die Abendsonne tauchte die ganze Umgebung in rot-gelbes Licht. Es sah einfach gigantisch aus.

„Herrlich!", flüsterte Sarah und atmete tief durch. Dann verschwand die Sonne hinter dicken Wolken. „Och!"

Auf einmal gähnte Dominik kräftig. „Also, wenn ihr nichts dagegen habt, würde ich jetzt gern wissen, wo mein Bett steht." Zu Sarah gewandt ergänzte er grinsend: „Wir haben nämlich nicht alle den ganzen Flug verschlafen."

„Oh, *sure*. Kommt bitte mit." Emy ging voran. Sie überquerten die Straße und näherten sich einem alten Eisentor mit kunstvoll geschwungenen Verzierungen.

Gerade als Sarah das Tor passieren wollte, glaubte sie, aus den Augenwinkeln heraus eine Bewegung wahrgenommen zu haben. Schnell drehte sie sich um und suchte die Umgebung mit den Augen ab. „Hm ..."

Paul hatte es bemerkt und kam auf sie zu. „Was ist los?"

„Ich ... weiß nicht. Da drüben ist jemand. Glaube ich."

„Also, ich seh da nix." Paul schüttelte den Kopf.

„Es schien, als würde uns jemand beobachten."

Paul rieb sich das Kinn. „Okay, schauen wir mal nach."

Sarah stellte ihre Reisetasche ab und zeigte Paul, wo sie den heimlichen Beobachter vermutete. Aber da war niemand. Nicht einmal Spuren. Jedoch glaubte sie etwas zu riechen. Einen ganz zarten Minzduft. Doch er war so schwach, dass sie nicht sicher war, ob sie sich das nicht nur einbildete. „Tut mir leid. Ich dachte wirklich, ich hätte jemanden bemerkt." Stirnrunzelnd schaute sie sich noch einmal um.

„Ach, mach dir nichts draus. Entweder hier war wirklich niemand oder wir wurden bereits erwartet. In diesem Fall treffen wir sicher später noch auf den Beobachter."

„Du glaubst, wir wurden erwartet?" Sarah zog erstaunt die Augenbrauen hoch.

Paul presste die Lippen zusammen und murmelte: „Nur so'n Gefühl."

In diesem Moment zerriss ein Schrei die Stille. Hoch über ihren Köpfen flog ein großer, majestätischer Vogel hinweg.

„Wow. Ein Weißkopfseeadler", staunte Paul. „Davon werden wir bestimmt noch mehr sehen."

„Vergiss die Delfine und Wale nicht. Davon gibt's hier auch einige", freute Sarah sich schon.

Die anderen warteten am Tor, als Sarah und Paul endlich wieder zu ihnen stießen. Schließlich betraten sie gemeinsam den Schlosshof.

„Wow!", rief Sarah begeistert und zeigte auf das Schloss. „Schottischer Baroniestil, würde ich sagen."

Erstaunt blieb Emy stehen. „*Right*, das ist richtig."

„Man sieht auch die bautypischen Vorläufer aus dem 15./16. Jahrhundert. Ich vermute, das Schloss war früher mal ein *Tower House* und wurde schließlich umgebaut und erweitert."

„Ich bin beeindruckt", freute sich Emy. „Das wissen nicht viele Besucher."

„Nun ja, Architektur und Geschichte sind meine Hobbys. Das will ich später auch mal studieren, denke ich."

„Das klingt super! Was erkennst du noch?"

Sarah legte den Kopf zur Seite und überlegte. „Also, wenn ich nicht irre, sind Einflüsse aus der Neugotik zu erkennen."

In diesem Augenblick lichtete sich die Wolkendecke ein wenig. Die Sonne tauchte das Schloss in goldgelbes Abendlicht.

„Uhh ...", flüsterte Sarah. „Schaurig schön."

Emy stützte die Hände in die Hüften und verkündete fröhlich: „*Welcome* auf Cardiff Castle!"

Da es langsam Abend wurde und alle ziemlich müde waren, wollten sie nur noch schnell ins Bett.

Als Sarah ihr Zimmer betrat, konnte sie es kaum glauben: „Ein Himmelbett!" Freudig erschöpft ließ sie sich ins Bett fallen und schlief sofort ein.

Cardiff Castle

Kapitel 5

Von Weitem konnte Sarah einen Hahn krähen hören. „Uhaaahhh", gähnte sie gedehnt. „Die schottischen Hähne nerven genauso wie unsere."

Da klopfte es an der Tür.

„Herein?"

Die Hausherrin, die sich gestern als Donella vorgestellt hatte und eigentlich Emy genannt werden wollte, steckte den Kopf ins Zimmer und rief: „Frühstück ist fertig! Die Jungs sind schon unten."

Sarah rieb sich den Schlaf aus den Augen und murmelte: „Uff, seit wann sind denn die Jungs die Ersten, die aufstehen?" Wenig später schritt sie eine breite Treppe hinab, die zum Atrium, dem Haupteingangsbereich des Hauses, führte. Der Teppich unter ihren Füßen schluckte jedes Trittgeräusch und wirkte in seinem dunkelroten Farbton sehr beruhigend und edel.

Gerade eilte eine Frau aus der Küche an ihr vorbei. *„Madainn mhath!"*, rief sie.

„Äh, *excuse me, please ...*", antwortete Sarah verunsichert.

Abrupt blieb die Frau stehen und wandte sich Sarah zu. „Oh, *good morning,* äh ... guten Morgen?", versuchte sie sich selbst zu korrigieren und schaute Sarah freundlich an.

„Ja, richtig", lächelte sie und dachte: Das ist bestimmt eine nette Frau.

„Dann du bist eines der Kids aus Deutschland, *right?*", fragte sie nach.

„Yes, that's right", nickte Sarah und ging die letzten Stufen hinab.

„Ah, ich verstehe“, antwortete die Küchenfrau in gebrochenem Deutsch. „*Sorry* für mein *bad* Deutsch. Ich bin in *Alba*, das heißt *Scotland*, aufgewachsen. Daher ich spreche viel Englisch, *sometimes* auch Schottisch.“

„Also, ich finde Ihre Aussprache gar nicht so schlecht.“

„Oh, vielen Dank, mein Kind. Ach ja, meine Name ist Bridget. Man spricht es wie die englische Variante aus – Bridschet. Ich bin übrigens hier die Chef … also, wie sagt man? Die Chefköchin. Wenn du hast Hunger“, sie wies auf eine Tür in der Richtung, aus der sie gerade gekommen war, „da drüben ist das Küche. Da gibt's immer etwas.“

„Oh, vielen Dank, Bridget.“ Sarah verspürte fast schon den Drang die Köchin zu umarmen. Aber das wäre wohl zu früh.

Dann bat Bridget Sarah mitzukommen. „*Come with me*, ich zeige dir das Speisesaal. Ich glaube, deine Freunde sind schon alle da. Sie offenbar haben sehr viel Hunger.“ Sie zeigte auf einen vollen Brötchenkorb und flüsterte: „Ich bereits musste nachfüllen.“ Dabei lächelte sie wieder und öffnete Sarah die große, zweiflüglige Holztür.

„Wow!“, war das Einzige, was Sarah zustande brachte. Vor ihr lag ein länglicher Raum mit hoher Stuckdecke, die mit kunstvollen Gemälden versehen war. Auf der linken Seite ließen große, bodentiefe Fenster viel Sonnenlicht in den Raum. Während sie auf den großen dunklen Holztisch zuging, kam sie an mehreren großen Regalen voller antiker Kunstgegenstände vorbei. Der ganze Raum wurde links und rechts von mehreren großen Marmorsäulen gesäumt. Es wirkte alles sehr herrschaftlich.

Sarah wurde aus ihrer Bewunderung gerissen, als Dominik rief: „Hey, Sarah! Wenn du nicht bald kommst, sind die Brötchen alle!“

Sie schaute Dominik mit großen Augen an.

„Hey, was denn?“ Dominik zuckte mit den Achseln und fügte frech grinsend hinzu: „Bin doch im Wachstum, muss essen.“

Er stopfte sich ein Brötchen in den Mund und griff schon nach dem nächsten, als Samuel ihm auf die Finger klopfte. „Sag mal, hast du überhaupt keinen Anstand?"

Paul und Markus mussten lachen. „Samuel, du scheinst der geborene Erzieher zu sein."

„Hm ... ich fürchte nur, bei Dom werde ich versagen", grinste er.

Vorsichtig glitt Sarah auf einen der großen Stühle. Andächtig strich sie mit der Hand über das weiche Leder der Armlehnen. „Das sieht aus und fühlt sich an wie in einem Jahrhunderte alten Museumsherrenhaus", staunte sie.

„Nun ja, gewissermaßen trifft das auch zu. Einen wunderschönen *good morning!*", sagte Emy, die gerade den Saal betrat. „Lasst es euch schmecken. Ich erzähle euch gern ein wenig über die Geschichte des Hauses, wenn ihr wollt."

„Oh ja, liebend gern", freute sich Sarah. Ihr Interesse an Geschichte und Architektur war kaum zu bremsen. Vor allem jetzt, da sie mitten in einem Museum frühstücken durfte.

Emy erzählte davon, dass eine Familie Vanbrugg das Haus vor mehreren Jahrhunderten erbaut hatte – damals noch als Turmhaus, um auch als militärischer Vorposten zu dienen. In einer der späteren Generationen wurde es von einem Earl Vanbrugg zum herrschaftlichen Anwesen umgebaut.

„Was ist ein Earl eigentlich?", fragte Paul. „Ich kenne bloß Earl Grey."

„Ist das nicht 'ne Teesorte?", warf Samuel lachend ein.

Paul nickte. „Ja, den trinkt mein Papa liebend gern."

„Ein Earl", nahm Emy die Frage auf, „ist wohl am ehesten mit einem Grafen zu vergleichen. Er trug die Verantwortung über mehr oder weniger große Ländereien. Die noch mächtigeren Herrscher waren im Grunde die Großgrundbesitzer. Man nannte sie Dukes. Ein besonders unangenehmer Duke lebte bis in die dreißiger Jahre des 19. Jahrhunderts und war vermutlich der Schlimmste von allen."

„Hm ... vor fast zweihundert Jahren also?" Sarah überlegte, während sie auf einem köstlichen Brötchen kaute. „War das nicht die Zeit der grausamen Vertreibung der Kleinbauern? Wie nannte man die gleich noch ...?"

„Ja, stimmt. Mit Kleinbauern meinst du sicher die Crofters", sagte Emy und wunderte sich. „Ich muss schon sagen, ich bin erstaunt, dass du dich so gut mit der Geschichte Schottlands auskennst."

„Och, na ja, ich hab'n bisschen was gelesen", merkte Sarah bescheiden an.

„Aber du hast vollkommen recht. Vor rund zweihundert Jahren beherrschte ein rücksichtsloser Duke von Sutherland die Gebiete hier, dazu gehörte auch die Insel Skye. Mit Beginn der Industrialisierung stieg die Nachfrage nach Wolle enorm an. Somit war es viel profitabler für die Großgrundbesitzer, auf den großen Weideflächen Schafe zu züchten. Die Kleinbauern, also die Crofters, wurden gewaltsam vertrieben. Das ist bekannt geworden unter der Bezeichnung *Highland Clearances*. Die meisten von ihnen verloren buchstäblich alles. Manche sogar ihr Leben."

„Das ist ja schrecklich!", platzte es aus Samuel heraus, dem glatt der Appetit vergangen war.

„Ja", sprach Emy leise weiter, „eine wirklich unrühmliche Geschichte."

Paul dachte weiter und war neugierig geworden. „Wenn ich fragen darf, wie seid ihr dann zu diesem Schloss gekommen? Wenn ich mich richtig erinnere, seid ihr keine Vanbruggs."

„Opa hat es gekauft." Plötzlich sprang ein unbekümmertes Mädchen mit langen rötlichen Locken in den Saal und verbeugte sich lachend.

„Darf ich vorstellen? Meine Tochter Hailey", erklärte Emy lächelnd. „Sie ist spitze darin auszuschlafen. Aber dafür hat sie dann Energie wie zehn von uns."

„Ich hoffe, ihr habt mir noch'n *bun* aufgehoben."

„*Bun*? Ach, du meinst ein Brötchen!", reagierte Paul, sprang auf, schnappte sich den halbleeren Brötchenkorb und hielt ihn Hailey unter die Nase.

„Oh, vielen Dank, mein Herr", bedankte sie sich lächelnd.

Paul stand wie angewurzelt da und betrachtete die rehbraunen Augen und die vielen Sommersprossen auf Haileys Nase.

Sarah fragte sich gerade, ob er zu einer Salzsäule erstarrt war. „Hey, hier gibt es noch andere hungrige Menschen!", rief sie.

„Äh, was?" Verdattert schaute er zu Sarah, dann auf die Brötchen. „Oh, ja. Bitte sehr." Wie in Trance schob er das kleine Körbchen über den Tisch, als Hailey sich direkt neben ihn setzte.

Als alle mit dem Frühstück fertig waren, wollte Sarah mit Abräumen anfangen.

„Aber nein!", wehrte Emy ab. „Ihr seid doch unsere Gäste. Außerdem haben wir dafür unser Personal."

Die Kinder kamen aus dem Staunen gar nicht mehr heraus.

„Kommt, wir zeigen euch das Haus", lud Hailey sie ein.

Paul preschte vor. „Da gibt es bestimmt eine Menge zu entdecken, Hailey ... richtig?"

Das Mädchen nickte eifrig und hüpfte voran. Sie brauchten fast eine halbe Stunde, um das Schloss auch nur ansatzweise kennenzulernen. Überall hatten Emy oder Hailey etwas zu erzählen. Man merkte den Mauern ihre bewegte Geschichte regelrecht an. Es war, als müsste man nur sein Ohr an die Wände legen und könnte hören, was hier alles passiert war.

„Wenn ich Sie – äh – dich richtig verstehe, Emy", sagte Samuel, „musste der damalige Earl Vanbrugg das schöne Schloss fluchtartig verlassen."

„Soweit wir wissen, ja. Einerseits war er allseits bekannt und beliebt. Er war einer der bescheidenen Herren im Lande. Andererseits war er anderen Adligen dadurch ein Dorn im Auge. Waren sie doch der Auffassung, er begebe sich zu dicht in die Niederungen des gemeinen Volkes. Doch gerade das half ihm damals, als sich herumsprach, dass man offenbar ein Attentat auf ihn plante. In der damaligen Oberschicht wuchs der Widerstand gegen ihn und seine Art."

„Was denn? Nur, weil er menschlich war und die Unterdrückung der anderen Großgrundbesitzer nicht mitmachen wollte?"

„Tja, was heißt *nur?* Aus Sicht des Adels untergrub er ihre Machtstellung. Also musste er beseitigt werden."

Sarah hatte verstanden. „Das heißt, die Crofters, deren Freund er war, hatten von dem Attentat erfahren und warnten ihn davor. So konnte er fliehen."

Emy blieb stehen, stemmte die Hände in die Hüften und holte tief Luft. „Vermutlich. Die einzige Aufzeichnung aus dieser Zeit stammt von einem Crofter, der ebenfalls vertrieben wurde. Er hatte sich im Keller seines Hauses versteckt, als man es über ihm abbrannte. Er überlebte. Damals hatte sich eine Art Untergrundbewegung gebildet, durch die er erfuhr, dass Earl Vanbrugg unter falschem Namen auf ein Schiff in Glasgow gehen wollte, um nach Amerika zu fliehen. Er versuchte ihm zu folgen und hinterließ uns nur eine handschriftliche Notiz."

„Uns?"

„Ja, sie ist erhalten. Man kann sie im Glasgower People's Palace anschauen. Das hängt damit zusammen, dass Earl Vanbrugg eigentlich ein Glasgower Adliger war. Aus unbekannten Gründen zog er sich jedoch aufs Land zurück – und zwar nach Portree – genauer gesagt, hierher."

„Ist Portree nicht die kleine Hafenstadt nördlich von hier?", überlegte Samuel.

„Ja, aber das kleine Dörfchen unten im Tal und insofern auch unser Schloss gehören auch zu Portree", erklärte Hailey.

„So gern ich auch noch ein Weilchen mit euch darüber plaudern würde", warf Emy ein, „möchte ich noch einmal an unsere Aufgabe erinnern. Und die ist durchaus ernst. Wir müssen meinen Vater finden."

„Ach ja, der Professor." Sarah verzog beschämt das Gesicht. „Das ist alles so spannend, hatte ich glatt vergessen."

Emy lächelte gütig. „Ist schon gut."

„Also, alle mal aufgepasst", fuhr Hailey fort. „Mein Opa hat in den letzten Wochen intensiv an irgendetwas gearbeitet. Wir wissen leider nicht, woran. Aber er war ständig unterwegs und nur sehr selten zu erreichen. Wenn er denn mal da war, hat er immer etwas von Vanbrugg gemurmelt. Und nun wurde er entführt."

Markus hatte das Geschehen bisher nur von der Seitenlinie beobachtet. Man hätte fast vergessen können, dass er noch da war. „Wenn ihr mir die Frage erlaubt, was ließ euch überhaupt vermuten, dass Professor Cardiff entführt wurde? Gab es eine Lösegeldforderung?"

Emy berichtete: „Lösegeld wurde nicht gefordert, nein. Das Komische ist, dass sich noch gar niemand gemeldet hat. Aber obwohl mein Vater manchmal etwas durcheinander ist, würde er doch nicht das halbe Haus verwüsten. Wir wohnen nur zeitweise hier. Doch als wir vor vier Wochen wieder hierherkamen, herrschte in der Bibliothek, im Arbeitszimmer und in vielen anderen Räumen totales Durcheinander. Das lässt mich vermuten, dass er entführt wurde und jemand etwas gesucht hat."

„Es sah wirklich wüst aus", führte Hailey weiter aus. „Tische und Stühle waren umgestoßen, Lampen lagen auf dem Boden. Einige Fensterscheiben der Glasschränke waren kaputt."

Dominik schluckte. „Das erinnert mich irgendwie an das Chaos bei uns zu Hause, als dieser Mr. Black den Ring gesucht hatte."

„Krass! Worauf waren die wohl aus?", fragte Paul in die Runde.

Emy seufzte. „Genau das müssen wir herausfinden. Ich hoffe, dann finden wir auch eine Spur zu meinem Vater. Leicht wird das aber nicht. Sein Ordnungssystem habe ich nie verstanden."

Markus fasste zusammen: „Also haben wir zwei Aufgaben. Erstens: herausfinden, woran der Professor gearbeitet hat. Zweitens: Standortermittlung des Professors. Na, dann los, an die Arbeit! – Hatschi!"

„Gesundheit!", wünschten alle zugleich.

Markus schniefte und wischte sich die Nase ab. „Ich werde mich doch wohl nicht erkältet haben!?"

„Keine Sorge", sagte Emy grinsend. „Wir haben jede Menge Earl Grey."

Lachend meinte Paul: „Na, super! Und wir suchen den Earl Vanbrugg dazu."

Gerade wollten alle los, als Emy sie zurückhielt. „Stopp! *One moment, please!* Da wir nicht wissen, womit wir es zu tun haben werden, habe ich überlegt, wie ich eure Sicherheit gewährleisten kann. Da ich in einem Security-Unternehmen beschäftigt bin, kam mir der Gedanke, euch mit ein paar nützlichen Gadgets auszustatten. Kommt bitte einmal mit!" Emy führte die Gruppe in ihr Büro, öffnete einen Wandsafe und holte einen silberschwarzen Koffer heraus. Sie gab einen Code ein und öffnete ihn.

„Wow!", entfuhr es Samuel, der schon neugierig neben ihr stand. „Das sieht ja aus wie bei James Bond."

Emy holte der Reihe nach Smartphones, Mini-In-Ear-Headsets und eine Handvoll Mini-GPS-Sender hervor. „Es gibt für jeden von uns ein vollständiges ... *Agenten-Set.*" Dabei grinste sie Samuel vielsagend an.

„Ich nehme einmal an, die Handys sind verschlüsselt?", fragte Samuel.

„Und wasserdicht", erklärte Hailey, die offenbar schon mehrmals damit hatte herumspielen dürfen. „Ach ja, und sie überleben Stürze aus zehn Metern Höhe", fügte sie an.

Ihre Mutter zog eine Augenbraue hoch. „Ach, tatsächlich?"

An alle gewandt erklärte sie: „Hört mal zu! Dieses Equipment ist kein Spielzeug. Behandelt es bitte sorgsam – auch wenn es nach Militärstandard ziemlich robust ist. Man muss es ja nicht übertreiben. Damit sind wir jedenfalls auf der sicheren Seite und können gefahrlos kommunizieren."

„Das ist eine tolle Idee! Vielen Dank, Emy!", bedankten sich Markus und die anderen.

Für die vor ihnen liegende Hausdurchsuchung schlug Paul vor, Teams zu bilden.

Noch ehe jemand etwas sagen konnte, hatte sich Hailey bereits Pauls Arm geschnappt und ihn mit sich gezogen. „Super Idee, bis dann!", rief sie über die Schulter.

Samuel ging mit Dominik. Sarah hatten sie irgendwie vergessen.

Da meinte Markus gut gelaunt: „So, und wir sind nun das Experten-Team." Er hielt Sarah seinen angewinkelten Arm hin. Gemeinsam steuerten sie die Bibliothek an.

„Es war sicher die beste Entscheidung, keinen der Jungs mit hierher zu nehmen", witzelte Sarah sarkastisch. „So viele Bücher hier. Die hätte man ja lesen müssen."

Etwas besorgt beobachtete Markus Sarah, wie sie lustlos mit dem Finger über die Buchrücken der vielen dicht aneinander gepresst stehenden Bücher fuhr. „Du bist verärgert, weil sie dich zurückgelassen haben, oder?"

„Ach was", gab sie nur knapp zurück. „Na ja, vielleicht doch. Ach, ich weiß auch nicht." Sie lehnte sich an ein großes Bücherregal. „Ich hatte mich so auf Schottland gefreut. So mit den Jungs und vor allem mit ... na, ist auch egal." Abrupt drehte sie sich um und stieß dabei an eine Bücherleiter. „Oh, interessant", murmelte sie und kletterte nach oben. „Was haben wir denn hier? Hm ... Chroniken aus dem 16. Jahrhundert. Richtig alt. Markus, hilf mir bitte mal!"

Sofort kam er herbeigeeilt und nahm ein dickes und schweres Buch entgegen. „Was hast du da?"

„Keine Ahnung, irgendwelche Chroniken. Die standen direkt am Ende der Leiter."

Markus legte das große Buch auf den Tisch und blätterte ein wenig darin. „Interessant. Das ist eine Familienchronik der Vanbruggs. Ich wusste gar nicht, dass so etwas noch erhalten ist."

„Ob das mit der Leiter ein Hinweis des Professors war?", überlegte Sarah.

„Das wäre möglich. Mit etwas Glück finden wir noch weitere Brotkrumen, die uns hoffentlich zu ihm führen." Markus machte ein nachdenkliches Gesicht. „Wonach genau suchen wir eigentlich?"

„Natürlich nach dem Professor."

„Ja, klar. Aber davon abgesehen. Wonach suchen wir alle?"

„Nach Gott?"

Markus lachte. „Oh, ich denke, den hast du schon kennengelernt. Ich meinte das eher im direkten Sinne. Schon lange vor mir war Professor Cardiff auf der Suche nach den sieben Testamenten. Zwar hatte ich lange keinen Kontakt zu ihm, da er schwer zu erreichen war, aber ich habe einige Veröffentlichungen von ihm gelesen, in denen er die Möglichkeit aufwirft, dass die Testamente wirklich existieren könnten."

„Die Legende der sieben Testamente", wiederholte Sarah andächtig. „Der Beweis, dass die Bibel wahr ist."

„Richtig. Nur durch den Professor habe ich mich auch damit beschäftigt. Erinnern wir uns: Wir haben bereits die ersten zwei Testamente gefunden."

„Das Buch der Wahrheit und die alten Steine, ähm, wie hießen die gleich? Ach ja – Stelen. Die alten israelitischen Stelen mit den Inschriften der ersten drei Könige Israels."

„Und kurze Zeit später verschwindet der Professor spurlos, der – wie ich vermute – auf der Suche nach einem weiteren Testament war. Das kann kein Zufall sein."

Sarah kratzte sich am Kopf. „Vielleicht hat er etwas gefunden, und das hat jemand mitbekommen. Vielleicht hat er sich auch mit zwielichtigen Typen eingelassen."

„Hm ... dann könnte er in ernsthafter Gefahr sein“, überlegte Markus. „Zurück zur Suche.“

„Wenn ich dich richtig verstehe, sollten wir Hinweise suchen, die irgendetwas mit der Legende der sieben Testamente zu tun haben? Also vielleicht hilft die Zahl Sieben!?“

Markus nickte und schlug Seite Sieben auf. Die beiden steckten ihre Köpfe ins Buch und bemerkten gar nicht, wie jemand von draußen durchs Fenster hereinblickte.

„Hier geht es um eine Gerichtsverhandlung, wenn ich das richtig verstehe.“ Sarah las weiter. „Sekunde mal, in Villstein?“

Markus stand auf, ging einige Schritte umher und verschränkte die Arme.

„Jetzt musst du nur noch an deinem Bart zwirbeln“, grinste Sarah ihn an.

„Das kommt noch“, lachte Markus. „Erinnerst du dich an das alte Gasthaus in Villstein? Ich hatte euch doch davon berichtet, dass ich bei meinen Recherchen zum Orden der Archivare über einen Mann gestolpert bin, der beschuldigt wurde, ein altes Pergament versteckt zu haben.“

„Stimmt. Der hatte sich einen Fluchtplan durch die alte Kanalisation ausgedacht“, fiel Sarah wieder ein.

Mit seinem Finger tippte Markus auf ein Symbol neben der Seitenzahl. „Kommt dir das bekannt vor?“

Sarah drehte den Kopf, dann das Buch. „Hm ... also, ich bin mir nicht sicher. Aber das könnte eines dieser Wegweisersymbole aus der Kanalisation sein.“

„Das dachte ich mir auch. Aber wo hab ich das schon mal gesehen?“

„Du meinst, hier im Schloss?“

„Ich glaube schon.“ Markus verließ die Bibliothek und begann, das Haus nach dem Symbol abzusuchen.

Sarah blätterte noch ein wenig in der Chronik, fand aber nichts Aufregendes. So klappte sie das Buch wieder zu, schaute sich noch ein wenig um und schlenderte schließlich zum Flur hinaus. Weit und breit war niemand zusehen. Es war absolut still. Da kam ihr der Gedanke, das Arbeitszimmer des Professors zu untersuchen.

„Hm, wenn ich mich nicht irre, müsste es nach links gehen. Dann die Treppe hoch. Oben rechts, das zweite Zimmer. Glaube ich ..." murmelte sie und ging los. Kurz bevor sie die Treppe erreicht hatte, stieg ihr ein beißender Geruch in die Nase. Sie schaute sich um, konnte aber keine Behälter für Chemikalien finden. Nachdenklich stieg sie die Treppe hinauf. Das Zimmer war genau dort, wo sie es vermutet hatte.

Samuel und Dominik hatten wohl dieselbe Idee gehabt, und kurze Zeit später gesellten sich auch Paul und Hailey zu ihnen. Gemeinsam durchsuchten sie Schubladen, Regale und Schränke. Dominik kam sogar auf die Idee, die schweren Stehlampen anzuheben, um darunter zu schauen.

„Uff, ich fürchte, hier ist nichts. Jedenfalls nicht mehr", stöhnte Samuel. „Wahrscheinlich haben die Entführer nicht nur alles gründlich auf den Kopf gestellt, sondern alles Interessante mitgehen lassen."

„So darfst du nicht denken", ermahnte Sarah ihn. „Und schon gar nicht reden. Wir sind hier, um zu helfen." Dabei wandte sie sich an Hailey. „Wir werden deinen Opa finden. Ganz bestimmt."

„Das ist lieb von dir." Hailey umarmte Sarah, und auf einmal war das mürrische Gefühl ihr gegenüber wieder weg, das sie seit dem Frühstück hatte.

Anschließend setzte sich Sarah an den antiken Schreibtisch und schaute sich die Zettel und Notizen an, die darauf lagen. Als sie die Beine übereinanderschlagen wollte, stieß sie gegen etwas Hartes. „Aua." Sie schob den Stuhl zurück und kroch unter den Schreibtisch. Da entdeckte sie an der Unterseite der Schreibtischplatte einen aufgesetzten Kasten. Um sich besser bewegen zu können, legte sie sich auf den Rücken und versuchte, das kleine Kästchen zu bewegen. Mit einiger Mühe konnte sie es aus seiner Verankerung herauslösen. „Hey Leute, ich hab hier was!", rief sie und kroch wieder hervor. Sie hatte gar nicht bemerkt, dass die anderen inzwischen wieder gegangen waren. Deprimiert ließ sie sich auf den Stuhl sinken und stellte das Kästchen vor sich auf dem Tisch ab.

„Pfff ... und schon wieder allein", murmelte sie. Dann betrachtete sie ihren Fund. Er schien aus Holz gefertigt worden zu sein. Aber an Detailreichtum und sauberer Arbeit mangelte es ihm. Sarah vermutete, dass es jemand in großer Eile hergestellt haben könnte. Sie drehte das Holzkästchen in alle Richtungen, untersuchte es mit der Lupe, konnte aber keinen Öffnungsmechanismus entdecken.

„Ach, Mann! Wenn man die Jungs braucht, sind sie mal wieder nicht da." Mit dem Kästchen in der Hand verließ Sarah das Arbeitszimmer und trottete die Treppe hinab. Unten steuerte sie die Küche an und traf dort auf Bridget, die damit beschäftigt war, Kartoffeln zu schälen. „Hallo?", rief sie zaghaft.

„Ah, *snog ur faicinn*. Uh, ich meinte, schön dich zu sehen", antwortete Bridget ihr freundlich. „Möchtest du dich setzen? Vielleicht eine heiße Schokolade?"

„Aber ... aber ich möchte Sie doch nicht stören. Wollte nur ..."

Bridget schüttelte den Kopf. „Weißt du was? Wir trinken die heiße Schokolade gemeinsam. Da kann ich gleich machen Pause." Mit dem typischen Lächeln, das ihre Lippen stets zu umspielen schien, versprühte Bridget eine Unbekümmertheit, die Sarah guttat. „Du bist wegen irgendetwas traurig, nicht wahr, mein Kind?" Sie mochte wohl Mitte fünfzig sein, schätzte Sarah – ähnlich wie ihre Mutter.

Als Sarah schwieg, begann Bridget von ihrer Jugend zu erzählen. Wie sie sich einmal in einen Soldaten verliebt hatte, der nie mehr von einem Krieg im Ausland zurückgekehrt war. Sie hatte schwer daran zu knabbern gehabt, wusste lange nicht, was sie tun sollte. Irgendwann stellte sie fest, dass sie gut ausgeprägte Geschmacksnerven besaß, wenn es darum ging,

Leckereien in der Küche zu zaubern. Also wurde sie Köchin und arbeitete in verschiedenen Hotels und Restaurants, doch nirgends fühlte sie sich heimisch. Bis sie auf Cardiff Castle stieß. Nachdem das Schloss restauriert worden war, suchte man eine gute Köchin. Der Professor Jeremiah Cardiff mochte sie auf Anhieb und stellte sie ein.

„Weißt du, jetzt, da Jeremiah ist verschollen oder ihm etwas vielleicht sogar zugestoßen ist ..." Sie stockte und nahm schnell einen großen Schluck Schokolade, „da ... da ich mach mir richtig Sorgen um ihn. Ich ...", flüsterte sie auf einmal, „... liebe ihn. Aber ich noch niemandem verraten."

„Waas?" Sarah sprang auf. „Noch niemandem?"

Bridget schüttelte den Kopf.

„Nicht einmal dem Professor selbst?"

Langsam schüttelte sie wieder den Kopf.

„Aber warum denn nicht? Wenn Sie ihn lieben, müssen Sie ihm das doch sagen. Vielleicht geht es ihm ja genauso?" Sarah war einigermaßen entrüstet.

„Tja ... das ist nicht so einfach. Seit sein Frau gestorben, scheint auch eine Stück in ihm gestorben zu sein."

„Wann war das?", fragte Sarah und setzte sich wieder hin.

„Vor etwa fünf Jahren."

„Fünf Jahre? Das ist doch schon eine halbe Ewigkeit! Glauben Sie mir, Sie müssen es ihm sagen. So schnell es geht. Na ja, sobald wir ihn gefunden haben."

Da legte Bridget ihre Hand auf Sarahs Hand und fragte sie ruhig: „Und was ist mit dir?"

„Was soll mit mir sein?"

Bridget setzte wieder diesen unbekümmerten Blick auf. „Komm schon. Du und der nette Junge, mit dem du bist hergekommen ..."

Sarah zog die Augenbrauen ganz weit nach oben.

„Also, ich bin zwar nur *cook,* äh … Köchin und auch nicht mehr die Jüngste sicher, aber blöd bin ich nicht." Bridget lächelte Sarah an. „Seit Hailey sich geschnappt hat diesen Jungen, bist du so ... wie sagt man ... reserviert, deprimiert. So, als wärst du ... eifersüchtig."

Ruckartig zog Sarah ihre Hand zurück. „Waaas? Ich? Eifersüchtig? Niemals nicht, überhaupt nicht."

„Ah ja. Ich vermute, der Gute weiß gar nicht, wie du stehst zu ihm, oder? Aber mir du machst Vorwürfe, dass ich mein Liebe Jeremiah noch nicht habe gestanden."

Betreten schaute Sarah zu Boden und schüttelte den Kopf. Erwischt. Sie hatte schon vor langer Zeit entdeckt, dass sie Paul sehr mochte. Doch gesagt hatte sie ihm das nicht. „Das ... das ist was anderes", murmelte sie leise.

„Natürlich!", flüsterte Bridget mit Nachdruck. „So, jetzt ich muss mich aber wieder um meine Kartoffeln kümmern. Bitte entschuldige mich." Lachend stand sie auf und machte sich wieder an die Arbeit. „Sonst ich bin verantwortlich für mehrere knurrende Magens heute Mittag."

„Vielen Dank für Ihre Zeit und die leckere Schokolade!", sagte Sarah und verließ die Küche wieder. Sie ging in den Garten und ließ sich die Sonne aufs Gesicht scheinen.

Da kam Paul angeschlendert. „Hey, Sarah."

„Oh, hallo, Paul", antwortete sie etwas irritiert.

„Du, ich muss dir was sagen", begann Paul und grinste so komisch dabei.

„Äh, ja?"

„Du hast da Schokolade am Mund."

„Ahh." Beschämt drehte sie sich weg und wischte sich im Gesicht herum.

Paul hatte sich inzwischen auf die Wiese gesetzt und stützte sich mit den Händen nach hinten ab. „Heute ist wirklich tolles Wetter, meinst du nicht?"

„Um nicht zu sagen, perfektes Ferienwetter", pflichtete Sarah ihm bei und setzte sich neben ihn. Einen Moment lang genossen sie gemeinsam die Stille. „Paul, ich ..."

In diesem Moment kam Hailey um die Hausecke geflitzt. „Ach, hier bist du. Hab dich schon überall gesucht. Komm schnell mal mit. Hast du den Minigolfplatz schon gesehen?"

Noch ehe Paul antworten konnte, hatte Hailey ihn schon am Arm gepackt und hochgezerrt.

„Ähm, sorry!", rief er Sarah noch schnell zu. „Später vielleicht?" Und schon waren sie verschwunden.

„Hmpf", grummelte Sarah in sich hinein. Sie stand auf und steckte die Hände in die Jackentaschen. Dabei fühlte sie etwas Hartes. „Ach, das blöde Ding hab ich ja auch noch." Frustriert nahm sie die kleine Holzbox aus der Jacke, musterte sie kurz und warf sie ärgerlich auf den Weg.

Klack-Krach machte es, und der Deckel sprang halb auf.

„Na, so was." Erstaunt bückte sich Sarah, schob den Deckel ganz zur Seite und entnahm dem Kästchen einen kleinen Zettel. Darauf befand sich nur ein Bild. Genauer gesagt, eine Skizze. „Soll das eine Kugel sein? Eine Erdkugel. Moment, vielleicht ein Globus." Sie schaute nach oben in die Richtung, in der das Arbeitszimmer des Professors lag. Sogar von hier unten war der riesige Globus zu erkennen, der am Fenster stand. Schnurstracks eilte sie nach oben und betrat das Zimmer. Ihr Blick fiel sofort auf den großen, antiken Globus. „Hier scheint irgendwie alles antik zu sein", musste sie feststellen. „So ... und nun? Was hat es jetzt mit diesem Globus auf sich?", sprach sie zu sich selbst und drehte ihn langsam, um ihn genau zu untersuchen.

„Mal sehen, wo sind wir denn eigentlich?" Sie drehte den Erdball so lange, bis sie Schottland fand. „Ah, hier." Sie trat näher heran, neigte den Kopf ein wenig zur Seite und kniff die Augen zusammen. „Merkwürdig. Sieht aus, als hätte jemand einen kleinen Pfeil an diese winzige Insel hier gezeichnet. Die ist leider so klein, dass nicht einmal ein Name dransteht." Sarah überlegte. Dann fiel ihr etwas ein. Sie eilte in die Bibliothek, wo sie einen großen Atlas gesehen hatte und holte ihn ins Arbeitszimmer. „So, schauen wir doch mal, was das für eine süße, kleine Insel ist. Hm ... das müsste vermutlich die Isle of Iona sein. Hm ... nie gehört. Aber warum wurde sie markiert? Ob das was zu bedeuten hat?"

Plötzlich wurde sie von einer lauten Glocke aus ihren Gedanken gerissen. Erschrocken warf Sarah einen Blick auf die Uhr und stellte fest, dass inzwischen Mittagszeit war. Demnach dürfte die Glocke die Einladung zum Mittagessen gewesen sein. Schnell ging sie nach unten in den Speisesaal und hörte gerade noch, wie Markus Emy Mut machte: „Wir werden tun, was in unserer Macht steht. Und deshalb schlage ich vor, dass wir gemeinsam beten und Gott um seine Hilfe bitten. Ich habe so das Gefühl, dass wir die nötig haben werden."

Sie setzten sich an den Tisch und Samuel betete: „Lieber Herr Jesus! Du bist großartig – das durften wir schon viele Male erleben. Wir danken dir dafür, dass du uns liebst und uns auf unserem Weg begleitest. Wir bitten dich um Bewahrung, Kraft, Mut und Klugheit für die Suche nach dem Professor. Amen!"

Während sie so dort saßen, stand die Köchin mit einem Tablett voller Pommes Frites in der Tür und wartete. Sie sagte nichts, doch sie fühlte mit.

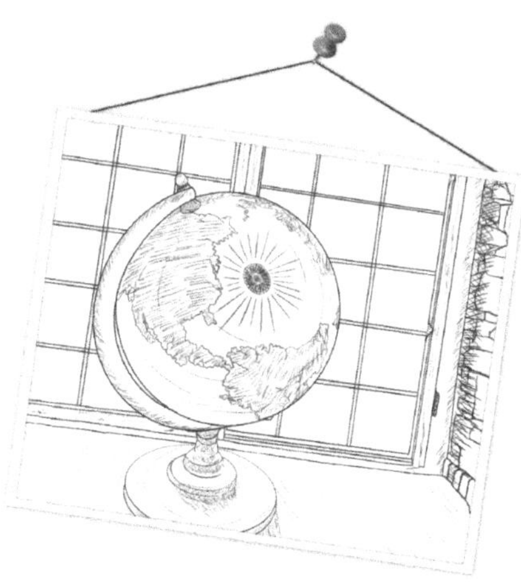

Isle of Iona

Kapitel 6

Der große Pommes-Berg war schneller verdrückt, als Emy gucken konnte. „Meine Güte! Wo stopft ihr das alles hin?“, staunte sie.

„Jetzt interessiert mich aber brennend, was ihr hier auf Cardiff Castle so entdeckt habt. Ihr habt ja den ganzen Vormittag lang das Haus durchstreift“, sagte Markus neugierig.

„Also, wir haben auf alle Fälle eine Menge antiker Möbel gefunden. Überall im Haus fühlt es sich an, als wären wir in einem Museum unterwegs“, stellte Dominik fest. „Wie kommt es eigentlich, dass hier so viel altes Zeug herumsteht? Ist das etwa alles noch von früher?“

Emy überlegte. „Ja und nein.“

„Ähm, wie jetzt?“

„Als Earl Vanbrugg damals Hals über Kopf floh, konnte er sicher nur das Nötigste mitnehmen. Möbel gehörten ganz bestimmt nicht dazu. Außerdem gibt es Aufzeichnungen darüber, dass man das Schloss nach seinem Verschwinden plünderte und schließlich niederbrannte. Somit galt es viele Jahre als Warnung für alle, die versuchten, sich gegen den Adel zu stellen. Im späten 19. Jahrhundert wurde es wieder auf- und dabei umgebaut. Leider wissen wir nicht, von wem. Es ist eigenartig, aber sämtliche Unterlagen und Besitzurkunden aus dieser Zeit sind spurlos verschwunden.“

„Das ist ja merkwürdig“, sagte Dominik.

Samuel runzelte die Stirn. „Dennoch – ich finde es beeindruckend, dass es damals jemand wieder aufgebaut hat. Irrer Aufwand. Was mich vermuten lässt, dass es jemand gewesen sein muss, der ziemlich reich war.“

„Ja, gut möglich“, nickte Emy. „Leider wurde das Schloss später von einem Kampfflugzeug getroffen. Mein Vater fand heraus, dass es gegen Ende des Zweiten Weltkrieges gewesen sein muss. Die Deutschen griffen England und sogar Schottland an, speziell Glasgow.“

„Moment mal, korrigiert mich, wenn ich falsch liege. Aber ist Glasgow nicht ein ganzes Stück von hier entfernt?“

„Stimmt. Es gab damals viel zu wenige Kampfpiloten, um die ständigen Angriffe der deutschen Flugzeuge abzuwehren. Also wurden immer jüngere Männer eingesetzt. Es wird gemunkelt, dass einer von ihnen Angst bekam – angesichts der überwältigenden Mehrheit der deutschen Flieger – und davonflog.“

„Ein Deserteur?“

„Möglich. So genau weiß man das nicht. Jedenfalls flog er über Skye und verlor dabei offenbar die Kontrolle über seine Maschine und stürzte direkt ins Schloss.

„Autsch.“

„Der ganze Ostflügel wurde zerstört, und Teile des Schlosses brannten aus.“

„Und wer hat das Schloss dann wiederaufgebaut? Es sieht total originalgetreu aus“, fragte Sarah erstaunt.

„Das war unser – wenn ich das so sagen darf – großartiger Opa“, erklärte Hailey stolz.

„Wow! Das muss irre teuer gewesen sein“, überlegte Paul.

Emy nickte. „War es auch. Allerdings hat es mein Vater, der werte Herr Professor für Kunstgeschichte, so hinbekommen, dass er es zu einem historischen Forschungsprojekt erklärte und somit in den Genuss einer großen Finanzspritze kam. Ihm war es wichtig, die Geschichte zu bewahren, darum legte er auch größten Wert auf originalgetreue Nachbildungen. Teile des Schlosses sind als Museum geplant, aber noch nicht fertiggestellt.“

„Ach, deshalb die Arbeiter draußen?“, fragte Paul.

„Ja, genau. Sie erweitern die elektrische Anlage und verlegen Stromkabel in den Ostflügel, den wir erst vor Kurzem wieder rekonstruiert haben. Der Brand, der durch den Flugzeugabsturz ausgelöst wurde, war zwar schlimm, konnte aber die Bausubstanz kaum beschädigen. Deshalb bestand auch die Chance des Wiederaufbaus."

„Na, kein Wunder, dass wir diesen Bereich des Schlosses nicht betreten durften. Die haben uns regelrecht fortgejagt", merkte Paul an. „Trotzdem finde ich sie verdächtig."

„Wen, die Arbeiter?", fragte Hailey erstaunt.

„Ja ... irgendwas stimmt nicht mit ihnen."

„Und das wäre?"

„Keine Ahnung. Ist nur so'n Gefühl."

„Hm." Mit dieser Antwort war Hailey sichtlich unzufrieden. „Du solltest derartige Unterstellungen nur aussprechen, wenn du Beweise hast." Jetzt wirkte sie fast ein wenig trotzig.

Doch Samuel unterstützte seinen Freund: „Ich würde Paul ernst nehmen. Wenn er eine solche Vermutung äußert, dann nie ohne Grund."

„Ich wollte mal fragen, warum der Keller abgesperrt ist", meldete sich Dominik zu Wort. „Wir wollten das Kellergewölbe erforschen, aber das ging nicht, weil keine der Türen, die vermutlich nach unten führen, eine Türklinke besitzt, und sie alle verschlossen sind."

„Was wollt ihr denn im Keller?", wunderte Hailey sich.

„Na, ganz einfach: Geheimgänge finden", grinste Dominik sie vielsagend an.

„Scherzkeks."

„Ohne Mist. Wir sind schon mehrere Male auf Geheimnisse gestoßen, weil wir Keller untersucht haben."

Emy zuckte mit den Schultern. „Warum der Keller unzugänglich ist, kann ich dir leider nicht beantworten. Ich selbst hatte bisher nie das Bedürfnis, mich nach unten zu begeben. Allerdings könnte ich mir vorstellen, dass damals, als der

Earl floh und man das Schloss abbrannte, viel zerstört wurde. Möglicherweise gibt es gar kein Kellergewölbe mehr."

„Hm." Sarah lehnte sich zurück und verschränkte die Arme. „Das glaube ich eigentlich nicht. Du hast mir bestätigt, dass das Schloss ursprünglich ein *Tower House* war, das später zum herrschaftlichen Anwesen erweitert wurde. Solche Turmhäuser waren praktisch Burgen. Stabilität war das oberste Gebot beim Bau dieser Anlagen. Ich bin mir fast sicher, dass da unten etwas schlummert."

„Da fällt mir was ein!", rief Paul plötzlich und sprang auf. Er rannte aus dem Saal, und alle schauten verdutzt hinterher. Wenige Minuten später kehrte er mit einem großen Stapel Bücher zurück. „Könnte mir bitte mal jemand helfen?", japste er.

„Willst du uns eine Geschichte vorlesen?", stichelte Hailey.

„Mal überlegen." Paul grinste frech und antwortete mit ironischem Unterton: „Musst du denn schon ins Bett, für die Gute Nacht-Geschichte?"

„Ach bah", gab Hailey trotzig zurück.

„Na, du verstehst aber auch keinen Spaß", grummelte Paul.

Inzwischen hatte Markus die Bücher in Augenschein genommen und sie fein säuberlich nebeneinander abgelegt. „Das sind Tagebücher einer unbekannten Person. Steht kein Name drin. Wie hilft uns das weiter?"

Paul nahm die Bücher und teilte jedem eins aus. „Als ich vorhin in der Bibliothek gestöbert habe, sind mir diese Tagebücher versehentlich aus dem Regal gefallen. Hab nicht aufgepasst. Als ich sie wieder aufheben wollte, habe ich in einem von ihnen eine Grundrisszeichnung entdeckt und etwas gelesen. Wenn ich mich richtig erinnere, ging es da um das Gewächs des Weinstocks in der Tiefe oder so ähnlich."

„Gewächs des Weinstocks", murmelte Samuel. „Wenn ich nicht irre, wird die Formulierung in der Bibel häufig für Wein gebraucht."

„Ja, genau. Das dachte ich auch. Als wir jetzt über den Keller sprachen, machte es klick. Füge mal Keller und Wein zusammen!"

„Kellerwein – Weinkeller", platzte es gleichzeitig aus Dominik und Hailey heraus.

Emy stand auf und ging einige Schritte umher. „Du vermutest einen Weinkeller unter dem Schloss?"

„Mal ehrlich", prustete Paul, „ein Schloss ohne Weinkeller? So was gibt's doch bestimmt gar nicht."

„Vor Monaten hab ich mal was von einem Weinkeller gelesen, ja. Das war in einer Fachzeitschrift für Önologie, die beim Arzt auslag", überlegte Emy.

„Öno-WAS?", fragte Dominik irritiert.

„Önologie", wiederholte Samuel. „Ein Önologe ist ein Experte für Weinherstellung und Kelterei. Was genau hast du dort gelesen, Emy?"

„Puh ... lass mich mal überlegen. Da war von einem verlorenen Traubenschatz die Rede. Es soll einmal einen Fremden in Portree gegeben haben, der gegen Kriegsende seine Wein- und Champagnersammlung versteigern und den Erlös für einen guten Zweck spenden wollte."

„Ein Wohltäter also", ergänzte Markus.

„Die Weine und der Champagner sollen um die zehn bis fünfzehn Jahre alt gewesen sein. Diese Sammlung wurde aber nie gefunden. Inzwischen ranken sich alle möglichen Gerüchte darum."

„Krass. Demnach wären die Weine und der Schampus heute mindestens achtzig Jahre alt. Das dürfte einer der wertvollsten Weinschätze der Geschichte sein." Samuel war gleich ganz begeistert.

„Sofern es ihn überhaupt gibt", bremste Emy ihn.

„Und genau deshalb habe ich diese Bücher hergeschleppt", lenkte Paul zum Thema zurück. „In einem der Tagebücher befand sich ein Hinweis dazu. Leider weiß ich nicht mehr, in welchem. Wer weiß, vielleicht schlummert ja tatsächlich etwas Wertvolles in den Tiefen dieses Schlosses."

„Okay, uff ...", keuchte Pauls Vater auf einmal und setzte sich langsam hin.

„Paps, alles klar bei dir?" Paul machte ein besorgtes Gesicht.

„Ich ... weiß nicht so recht. – Hatschi!"

„Gesundheit!", sagte Emy. „Allem Anschein nach hast du dir eine Erkältung zugezogen."

Markus griff sich an den Kopf. „Ja, ich fürchte auch. Ich habe auch Kopf- und Gliederschmerzen. Aber das können wir doch jetzt gar nicht gebrauchen. Kommt, machen wir weiter!"

Alle blätterten eifrig in den Tagebüchern, bis Sarah plötzlich rief: „Da! Ich hab's. Glaube ich. Hier steht: Das Gewächs des Weinstocks ruht in der Tiefe, wo ... mehr ist nicht zu lesen. Diese Seite wurde hier abgerissen." Sie zeigte Paul die Seite mit der Skizze.

„Genau das ist es. Moment ... hier steht noch etwas auf der Rückseite, vielleicht ein Rätsel: Weder Stufen nach oben noch nach unten. Das Gewächs der Trauben in Kana soll munden."

„Merkwürdig", murmelte Emy. „Könnt ihr damit etwas anfangen?"

Markus meinte: „Also, das Erste, was mir zu Kana und Wein einfällt, ist das erste Wunder, das Jesus getan hat."

„Ha! Ich weiß!", rief Samuel dazwischen. „Jesus machte Wein aus Wasser. Aber wie soll uns das hierbei helfen?"

Markus hob die Schultern. „Keine Ahnung. Aber wir sollten es im Hinterkopf behalten. Einer der Aspekte dieses Wunders besteht darin, dass Jesus herausragend guten Wein machte."

„Ob das ein Hinweis auf einen besonderen Weinschatz ist?", überlegte Dominik.

An Emy gewandt fragte Paul: „Sag mal, erkennst du diesen Grundriss hier? Ist das eine Stelle hier im Haus?"

Emy schaute sich die Zeichnung an und schüttelte den Kopf. „Nein. Das kommt mir gar nicht bekannt vor. Es scheint aber auch nur der Teil eines Grundrisses zu sein. An dieser Stelle wurde die Seite abgerissen."

„Vielleicht sollten wir noch eine andere Spur in Erwägung ziehen", meldete sich Sarah zu Wort. „Ich glaube, ich habe eine wichtige Entdeckung gemacht. Als ich vorhin im Arbeitszimmer am Schreibtisch saß, bin ich mit dem Knie gegen eine harte Kante gestoßen. Ich habe nachgesehen, was das gewesen sein könnte, und ein kleines Kästchen entdeckt. Darin habe ich eine Notiz gefunden, die mich zum großen Globus im Arbeitszimmer geführt hat. Aus Neugier habe ich einfach mal Schottland gesucht. Dabei fiel mir auf, dass eine der kleinen Inseln mit einem Pfeil markiert worden war. Bei meiner anschließenden Suche im Atlas erkannte ich sie als Iona."

„Die Isle of Iona", murmelte Emy nachdenklich. „Die Insel galt lange Zeit als heiliger Boden. Sie ist bekannt dafür, dass von dort die wichtigste Phase der christlichen Missionsarbeit in Schottland ausging."

„Also handelt es sich um die Anfänge der Christenheit in dieser Gegend", überlegte Markus. „Wenn wir einmal annehmen, dass Professor Cardiff sich mit den Ursprüngen der Christenheit beschäftigte, besonders mit möglichen Beweisen, Artefakten und historisch relevanten Dokumenten ..."

„... wie zum Beispiel den sieben Testamenten", fügte Dominik schnell ein.

„... dann ergibt es durchaus Sinn, dass er auch die Anfänge der Christenheit in Schottland untersuchte."

Sarah stand auf und nahm ihre Jacke in die Hand. „Also los, auf nach Iona!"

„Gute Idee!", bestätigte Markus. „Hatschi! Ich ... hatschi! Oh nein. Ich fürchte – *schnief* –, ihr müsst ohne mich fahren."

„Na, zum Glück habt ihr ja noch mich", lachte Hailey übermütig und winkte alle zum Ausgang.

„Nicht so schnell, meine Kleine. Iona ist ja nun nicht gerade nur einen Katzensprung entfernt. Lasst mich kurz ein paar

Telefonate führen. Ich kenne da jemanden, der uns vielleicht helfen kann. Bin gleich zurück."

Sarah runzelte die Stirn. „Also, im Atlas sah das gar nicht so weit weg aus."

„Hast du dir mal die Legende für den Maßstab angeschaut?", fragte Samuel verwundert nach.

Sarah schüttelte den Kopf.

„Hm, ich glaub, Mom hat recht", sagte Hailey. „Soweit ich weiß, sind das Luftlinie schon über hundert Kilometer. Da man nicht so direkt hinkommt – es gibt keine direkte Straßen- oder Zugverbindung – muss man mit dem Auto viele Umwege fahren. Man könnte auch mit dem Boot fahren, aber das dauert auch ziemlich lange."

Schon kam ihre Mutter zurück. „Gute Nachrichten: Ein Freund von mir ist Pilot und besitzt ein kleines Flugzeug. Er wird uns zur Insel Mull fliegen, von wo aus wir mit Bus oder Taxi zur Fährstation Fionnphort fahren. Dort setzen wir über zur Insel Iona."

„Es gibt einen Flugplatz auf Skye?", fragte Dominik erstaunt.

Emy nickte. „Ja, in Broadford. Ist ein kleiner Flugplatz. Wir werden eine ganze Weile unterwegs sein. Ich werde Bridget bitten, uns etwas zu essen einzupacken."

Während der Autofahrt genossen die Kids die Aussicht, die immer mal wieder von Nebelschwaden verborgen wurde. Weite Teile der Strecke fuhren sie nahe der Küste entlang.

„Wisst ihr, dass ihr richtig Glück habt?", meinte Hailey. „So schönes Wetter wie jetzt ist eher selten zu dieser Jahreszeit. Da dürft ihr gern mal wiederkommen", grinste sie.

Am Flugplatz angekommen mussten sie kaum warten. Es dauerte nicht lang, und sie befanden sich in der Luft – auf direktem Weg zur Insel Mull.

„In etwa einer halben Stunde werden wir Mull erreichen", informierte der Pilot seine Gäste und wandte sich dann wieder dem Funkgerät zu.

Das Flugfeld auf der Insel Mull schien noch kleiner zu sein als das auf Skye. Im Grunde sogar nur eine Wiese. Nach der Landung war schnell ein Taxi gefunden. Eine gute Stunde später erreichten sie die Fähre nach Iona.

„Also, wenn es um die Entwicklung der Christenheit in Schottland gehen soll, müssen wir unbedingt zu dem Kloster da drüben: Iona Abbey", schlug Emy vor, als sie auf Iona ausstiegen.

„Sieht alt aus", vermutete Dominik.

„Soviel ich weiß, ist es das aber gar nicht. Das Kloster ist mehrmals zerstört und wiederaufgebaut worden. Aber so genau kenne ich mich da auch nicht aus. Im Kloster findet sich bestimmt jemand, der Bescheid weiß."

So war es dann auch. Es war gar nicht schwer, einen Mönch zu finden, der ihnen bereitwillig die bewegte Geschichte der Insel Iona erzählte: von den Anfängen des christlichen Glaubens und dessen Verbreitung durch den heiligen Columban, der aus Irland stammte und fortan als Missionar hier arbeitete, bis zu den Wikingerüberfällen und der Zerstörung und dem Wiederaufbau des Klosters. Sogar ein Nonnenkloster gab es in der Nähe, dessen Ruinen noch besichtigt werden können.

Auf einmal kam ein älterer Mönch dazu und meinte neugierig: „Guten Tag. Ich bin Bruder Magnus. Zufällig hörte ich, dass ihr euch für die Geschichte des Klosters interessiert."

„Ja, das stimmt", nickte Sarah. „Allerdings wäre es noch besser, wenn wir einen Blick in die alten Klosterchroniken werfen könnten. Wäre das vielleicht möglich?"

Der alte Mönch schickte den jüngeren, einen Schlüssel zu holen. „Wenn ich fragen darf, wonach genau sucht ihr?"

Paul erklärte: „Wir wollen uns über die Anfänge des Klosters informieren. Sehen Sie, wir sind sehr geschichtsinteressiert, und Iona eilt offenbar ein gewisser Ruf voraus. Und na ja, da wir gerade Urlaub hier machen, bot sich das natürlich an."

„Hm, ja. Iona genießt tatsächlich einen gewissen Ruf."

Gerade kam der junge Mönch mit einem großen Schlüsselbund zurück, überreichte ihn dem älteren und ging wieder.

„Na, dann kommt einmal mit. Die alten Chroniken lagern unten im Kellerarchiv."

„Wieso müssen alte Sachen eigentlich immer im Keller liegen?", jammerte Sarah, die dunkle, enge Räume gar nicht mochte.

„Tja", sagte der alte Mönch, „das ist im Grunde ganz einfach. Wir haben nur begrenzt Platz zur Verfügung. Die ganze Geschichte der frühen Christenheit in Schottland befindet sich in diesem Kloster. Unterlagen, die gerade nicht benötigt werden, lagern wir deshalb hier unten."

„Klingt logisch", bestätigte Samuel.

„Was mich allerdings schon ein wenig wundert", murmelte der alte Mönch, „die Geschichte von Iona scheint sich in letzter Zeit überraschend großer Beliebtheit zu erfreuen."

„Wie meinen Sie das?", fragte Emy misstrauisch.

„Nun, ihr seid nicht die Einzigen, die in letzter Zeit danach fragen."

„Wie bitte?", rief Hailey erstaunt aus.

Der Mönch führte die Besucher eine ausgetretene Treppe hinab, die nur spärlich beleuchtet wurde. „Vor einigen Wochen hatte ich Besuch von einem älteren Herrn, einem Professor, glaube ich."

„Opa war hier?", staunte Hailey.

Ihre Mutter fragte genauer nach. „Sprechen Sie zufällig von Professor Jeremiah Cardiff?"

Der Mönch dachte kurz nach. „Cardiff ... hm ... ja, ich glaube, so hieß er."

Paul war neugierig geworden. „Und war sonst noch jemand da?"

„Tja, das war merkwürdig. Vor drei Wochen besuchte uns ein alter Mann. Er hatte weiß-graues Haar und sah ziemlich zerzaust aus. Aber er drückte sich sehr gewählt aus, hatte eine äußerst gepflegte Aussprache. Das passte so gar nicht zu seinem Äußeren. Und dann, vor knapp zwei Wochen, waren zwei Männer im Anzug da. Sie erweckten den Eindruck, Agenten zu sein."

Paul hob die Hand.

„Ja?"

„Diese Männer ... hatten die zufällig weiße Haare?"

„Äh, ja!?"

„Haben sie erwähnt, in wessen Auftrag sie hier waren?"

„Moment ... Sie erwähnten etwas. Eine Organisation. Sektion ..."

„13!", platzte es gleichzeitig aus Dominik und Sarah heraus.

„Ja. Ja, genau. So stellten sie sich vor. Sie erklärten mir, dass sie im Auftrag des Vatikans nach einem historisch bedeutenden Dokument suchen."

„Pfffff", machte Samuel. „Sind die uns schon wieder einen Schritt voraus? Das darf doch nicht wahr sein!"

„Entschuldigt meine Neugier." Der alte Mönch blieb stehen und fragte: „Woher wisst ihr von diesen Leuten?"

„Ja, das würde mich auch mal interessieren." Emy stützte die Hände in die Hüften und blickte die Kinder erwartungsvoll an.

Paul nahm Sarah beiseite und besprach sich kurz mit ihr. Er flüsterte ihr ins Ohr: „Du, sag mal, was hast du für ein Gefühl bei dem alten Mönch?"

Sarah flüsterte zurück: „Warum fragst du?"

„Ich habe dich beobachtet und hatte öfters den Eindruck, dass du – wie soll ich sagen – in den Menschen lesen kannst."

„Hm, ja. Vielleicht. Bin mir nicht sicher. Aber ich habe oft so ein Gefühl. Dann merke ich meistens, ob die Leute ehrlich sind oder nicht."

Paul nickte. „Und der Mönch? Können wir ihm vertrauen?"

Sarah drehte sich um und musterte ihn. „Ich glaube, schon."

Sarah und Paul kamen zu den anderen zurück, und Paul erzählte die ganze Geschichte. Er begann bei der Entdeckung der Legende der sieben Testamente, erzählte von der Suche nach dem Buch der Wahrheit und dem Fund der Stelen in Villstein.

Gebannt hörten Hailey und ihre Mutter zu. Nicht weniger fasziniert schien der alte Mönch zu sein.

„Aber, Bruder Magnus“, fügte Paul noch an, „hängen Sie es bitte nicht an die große Glocke. Es ist schwierig, Menschen zu finden, denen man vertrauen kann.“

„Dann danke ich euch für euer Vertrauen mir gegenüber. Ich werde euch nicht enttäuschen.“ Der alte Mönch verbeugte sich ein wenig vor ihnen und machte sich dann daran, einen alten Schrank zu öffnen. Unter lautem Knarren schwangen die Schranktüren auf und gaben den Blick auf mehrere alte, teils in Leder gebundene Bücher frei.

„Hm ...“, murmelte er.

„Was ist? Finden Sie es nicht?“, fragte Hailey ungeduldig.

Der alte Mönch schob die Bücher zur Seite und prüfte eins nach dem anderen. „Nein. Das ist es nicht“, murmelte er mehrmals. „Hier auch nicht. Das kann aber nicht sein. Es müsste genau hier stehen. Das weiß ich ganz genau.“

„Sagen Sie nicht, die Chronik ist verschwunden!“, entsetzte sich Sarah.

„Es ... tut mir wirklich leid. Ich kann mir das auch nicht erklären. Aber wenn sie nicht hier ist ...“ Der alte Mann machte auf einmal einen sehr traurigen Eindruck. „Ich verstehe das nicht. Wer sollte eine uralte Chronik aus dem ersten Jahrtausend stehlen? So etwas macht man einfach nicht. Das ist wertvolles Geschichtsgut. Es gehört auf unsere Insel.“

„Könnte es nicht einfach sein, dass es jemand geholt hat, um damit zu arbeiten?“, überlegte Samuel laut.

Der Mönch schüttelte den Kopf. „Nein. Auf keinen Fall. Ich bin der Einzige, der mit den alten Chroniken zu tun hat.“

„Also wieder eine Sackgasse.“ Dominik ließ die Schultern hängen.

Plötzlich richtete sich der alte Mann auf, und ein flüchtiges Lächeln huschte über sein faltiges Gesicht. „Vielleicht auch nicht. Kommt mit!" Er schloss den Schrank und führte die Besucher schnell wieder nach oben. Dort steuerte er zielsicher auf eine Stahltür zu, auf der die Aufschrift „*Historic Lab*" zu lesen war. Er gab einen Türcode ein und öffnete die Tür. „Willkommen in unserem Forschungslabor!"

„Wow!"

Die Kids staunten nicht schlecht, als sich vor ihnen ein großer Raum mit allerlei Apparaturen, Reagenzgläsern und einem Mikroskop auftat.

Plötzlich stürzte Samuel los und blieb wie angewurzelt vor einem großen, kastenartigen weiß-roten Schrank stehen.

„Hey, was hast du?", rief Paul und lief hinterher. „Ach, daher weht der Wind", grinste er, als er sah, weshalb Samuel so aufgeregt war.

„Ist das ein 3DXprint T7?", fragte Samuel ehrfurchtsvoll, während er sich die Nase an einer großen, getönten Scheibe plattdrückte.

Ein junger Mönch, der dabeistand, nickte. „Ja, nicht schlecht. Du scheinst dich auszukennen."

„Mach den Mund zu!", lachte Sarah. „Du sabberst ja gleich. Was ist das für ein Ding?"

Samuel grummelte: „Das ist kein Ding, sondern die nächste Generation hochauflösender 3D-Drucker. Der T7 bietet eine Auflösung von 25 Mikrometern und arbeitet mit einem optimierten Hochleistungslaser."

Paul schien sich etwas zu wundern. „Ich habe noch nie einen so großen 3D-Drucker gesehen. Werden die technischen Geräte heutzutage nicht eigentlich immer kleiner?"

Samuel klopfte ihm freundschaftlich auf die Schulter. „Mein Guter, das ist ja das Besondere am T7: Mit ihm kann man Objekte bis zu einer Größe von etwa einem Meter drucken. Das eröffnet völlig neue Möglichkeiten."

„Und das bei enormer Präzision", fügte der Labormönch an und lächelte. „Freue mich, deine Bekanntschaft zu machen. Es kommt nicht oft vor, dass solche Experten hier vorbeischauen."

„Och, ich ..." Samuel wurde ganz rot im Gesicht.

„Nein, nein. Keine falsche Bescheidenheit. Manche Leute sind von der Technik einfach nur genervt. Dabei vergessen sie leicht, dass wir damit auch so viel Gutes tun können."

„Schaut euch das mal an!", bat der alte Mönch die Kids und drückte ihnen ein Objekt in die Hand, das aussah wie eine alte Steinplatte mit kaum leserlichen Schriftzeichen. „Das ist ein Replik, also ein ausgedrucktes 3D-Modell."

„Wow!", entfuhr es Sarah, die sichtlich beeindruckt war. „Das ist ein nachgebautes Modell? Sieht täuschend echt aus."

„Dort drüben", der junge Labormönch zeigte zur anderen Zimmerecke, „werden die Objekte, also beispielsweise Artefakte, die wir untersuchen wollen, eingescannt. Teils mit Laserscanner, teils mit Fotogrammetrie. Hierbei werden viele verschiedene Fotos von einem Objekt geschossen ..."

Samuel führte die Erklärung fort: „... anschließend wird daraus ein 3D-Modell im Computer entwickelt ... "

„... welches wir dann im 3D-Drucker ausdrucken können", beendete der junge Mönch den Satz.

Der alte Mann erklärte dazu: „Der Vorteil liegt auf der Hand. Wir können nun bedenkenlos mit den Modellen arbeiten, die akkurat nachgebildet sind. Wenn damit aber etwas schiefgeht, ist das nicht so schlimm, wir können sie jederzeit nachdrucken. Die Originale sind sicher verwahrt."

Emy staunte. „Das klingt wirklich toll." Dann wandte sie sich an die Kids und sagte: „Ich muss gestehen, so langsam verstehe ich den Ruf, der euch vorauseilt. Sarah kennt sich mit Architektur und Geschichte aus, Samuel ist offensichtlich Technikexperte, und Paul scheint stets ein Auge für das große Ganze zu haben, wittert Gefahren und ist augenscheinlich ein guter Planer."

Etwas betreten meldete sich Dominik zu Wort: „Meine Wenigkeit kam leider noch nicht zum Einsatz. Ich bin hier nämlich die Sportskanone."

Hailey tätschelte ihn und witzelte: „Och, mein Guter. Du kommst auch noch dran. Weißt du, wir haben eine kleine Minigolfanlage hinter dem Schloss."

„Minigolf?", rief Dominik entrüstet, und alle mussten herzhaft lachen.

Samuel rieb sich das Kinn. „Sagen Sie, Bruder Magnus, ich möchte nicht unhöflich erscheinen, aber ich bin neugierig. So ein spezielles 3D-Drucksystem ist doch ziemlich teuer. Die meisten kirchlichen Einrichtungen, die ich kenne, jammern immer, dass sie zu wenig Geld haben."

Der alte Mönch lachte. „Ja, das mag sein. Im Normalfall hätten wir uns dieses Labor auch nicht leisten können. Aber wir werden hier durch spezielle Fördermittel unterstützt, weil wir einen wichtigen Beitrag zur Prüfung antiker Objekte leisten."

Paul seufzte. „Mein Vater ist Geschichtswissenschaftler. Er hätte seine wahre Freude an diesem Ort."

„Aber zurück zum eigentlichen Grund, weshalb wir hier sind. Vor einiger Zeit haben wir damit begonnen, die alten Bücher zu digitalisieren. Ich glaube mich zu erinnern, dass die Chroniken ebenfalls in Arbeit waren."

Der Labormönch sprang auf und eilte zu einem Computer, der auf einem Hochtisch stand. „Ja ... ich glaube, das ist richtig. Allerdings dürften wir noch nicht sehr weit gekommen sein." Er suchte in einer Datenbank nach dem passenden Datensatz. „Da, genau. Es gibt erst einen Datensatz, der die ersten sieben Seiten enthält. Hier, bitteschön."

„Nur sieben Seiten?", nörgelte Hailey.

Samuel winkte ab. „Hey, das ist besser als nichts. Schauen wir mal nach."

Hochkonzentriert studierten sie sorgfältig den Inhalt der ersten Seiten.

„Moment, bitte eine Seite zurück", bat Emy. „Markus erzählte mir, mein Vater sei möglicherweise auf der Suche nach einem Pergament gewesen. Hier steht etwas von einem Kurier, der ein wichtiges Dokument zum heiligen Columban brachte, damit der es untersuchen und ... hier endet die Seite."

Der alte Mönch überlegte kurz. „Nun, es heißt, der heilige Columban sei ein Freund der Bücher gewesen. Er machte wohl auch nie einen Hehl daraus, dass er Bücher einfach kopierte. Das brachte ihm so manche Probleme ein. Wenn er tatsächlich das Dokument erhielt, hat er es bestimmt untersucht, vielleicht sogar abgeschrieben."

„Demnach sollten wir das ganze Kloster untersuchen, vor allem alte Räume und Keller", schlug Paul vor.

„In Ordnung", sagte Bruder Magnus. „Ich werde euch führen." Mit diesen Worten zog er einen weiteren Schlüsselbund aus der Tasche seiner Kutte und ging voraus.

Sie stellten das ganze Kloster auf den Kopf, konnten aber nichts Hilfreiches finden. Schließlich trafen sie sich wieder im Kreuzgang des Klosters.

„Och, Menno. Das ist echt frustrierend. Die ganze Suche umsonst!", jammerte Hailey.

Paul legte seinen Arm locker auf ihre Schultern und sagte aufmunternd: „Du musst dir dringend ein wenig Geduld aneignen."

„In einer halben Stunde fährt die letzte Fähre", mahnte der alte Mönch. „Es tut mir wirklich leid, dass ich euch nicht besser helfen konnte."

„Trotzdem vielen Dank, Bruder Magnus", sagte Samuel und verbeugte sich ehrerbietend vor ihm.

Sie verabschiedeten sich und verließen das Kloster. Plötzlich kam der alte Mönch hinterhergerannt und schrie: *„Hey, one moment please,* wartet!" Ganz außer Atem erreichte er sie, hielt sich an Samuel fest und musste erst einmal durchatmen.

„Bruder Magnus, was ist denn los?", wollte Sarah wissen.

„Ja, ich", hechelte er, „ich meine, mir ist gerade noch etwas eingefallen. Als der heilige Columban die Insel Iona erreichte, baute er das erste Kloster an einer anderen Stelle."

„Wie meinen Sie das?", forschte Emy nach.

„Nun, das heutige Kloster wurde zwar auf den Grundmauern des vorherigen Klosters erbaut. Aber das ursprüngliche, also das erste Kloster befand sich ein wenig von hier entfernt." Er drehte sich um und zeigte mit dem Finger in eine bestimmte Richtung. „Ungefähr dort befand sich das erste Kloster. Leider ist davon heute fast nichts mehr zu sehen. Doch vielleicht findet ihr ja noch etwas. Aber ihr solltet euch beeilen."

„Die Fähre kommt schon", rief Hailey.

Paul dachte kurz nach und schlug vor: „Leute, ich habe eine Idee: Emy, du gehst schon zur Fähre. Wenn wir es nicht rechtzeitig schaffen, musst du den Kapitän überreden, noch etwas zu warten. Wir flitzen los und untersuchen den Standort des alten Klosters."

Gesagt, getan. Kaum hatten die Kinder die Stelle erreicht, von der Bruder Magnus gesprochen hatte, strömten sie in alle Himmelsrichtungen auseinander und begannen, das Areal zu erforschen.

Plötzlich schrie Sarah: „Hier! Ich glaube, ich hab etwas gefunden!"

Ihre Freunde kamen herbeigeeilt und fanden Sarah über einen viereckigen Stein gebückt.

„Was ist das?", fragte Dominik. Sarah lehnte sich ein wenig zurück, sodass er es erkennen konnte. „Ist das ein Kreuz?"

„Sieht ungewöhnlich aus. Vielleicht kennt Hailey so eins. Wo ist sie eigentlich geblieben?", fragte Samuel und reckte den Kopf in die Höhe.

„Da oben", sagte Paul und wunderte sich. „Was macht sie denn da?"

„Sieht aus, als würde sie in eine bestimmte Richtung schauen", vermutete Samuel und rief laut: „Hailey! Hailey!"

Doch sie reagierte nicht. Sie blickte unbeirrt in ein und dieselbe Richtung, als würde sie etwas genau beobachten.

„Ich werd mal nach ihr schauen", sagte Sarah und rannte los. Hailey stand auf einer leichten Anhöhe und starrte aufs Wasser hinaus. Oder zur Fähre. Das konnte Sarah nicht so genau erkennen. „Hailey. Alles okay mit dir?"

„Ja, sicher. Nein, also ..."

Sarah runzelte die Stirn.

„Ihr seid so ein cooles Team. Da komm ich mir vor wie das fünfte Rad am Wagen."

„So ein Quatsch! Streng genommen brauchen wir nämlich gerade jetzt deine Hilfe", erklärte Sarah.

„Meine Hilfe? Wie sollte ich euch denn helfen? Meine Mutter hat es vorhin schon treffend beschrieben. Ihr seid alle in irgendwas richtig gut. Aber ich ..."

Irritiert schaute Sarah Hailey an. Das quirlige Mädchen, das ständig gut gelaunt zu sein schien, war für den Moment verschwunden. Doch jetzt hatte Sarah den Eindruck, dass hinter ihrer Fassade etwas ganz anderes steckte. „Hailey, wir haben ein Steinrelief gefunden. Ein Symbol. Ein Kreuz, glaube ich. Aber es ist kein typisches Kreuz, eher rund ..."

„Rund, sagst du? Klingt nach einem Keltenkreuz." Plötzlich hatte Sarah Haileys Aufmerksamkeit wiedererlangt. „Zeig mal her!" Sie flitzten zurück zu den anderen, und Hailey schaute sich das Kreuzrelief genauer an. „Ja, das ist ein keltisches Kreuz. Allerdings ... es könnte auch ein Columban-Kreuz sein."

„Gut, dass wir dich dabeihaben." Sarah lächelte Hailey an, die unwillkürlich mitlächeln musste.

„Aber da ist noch mehr", sagte sie und buddelte ein wenig Erde vom Rand des Steins weg. Dominik tat es ihr gleich und legte die andere Seite des Steins frei. „Seht ihr? Um das Kreuz herum ist eine Linie gezeichnet."

„Die hat aber eine komische Form, so gezackt und zerrupft", stellte Dominik fest.

„Hm." Hailey stand auf und betrachtete das ganze Bild von oben. „Ich würde fast behaupten, das ist der grobe Umriss der Insel Skye."

„Du meinst, *unserer* Insel Skye?", fragte Samuel nach und holte sein Smartphone heraus. „Moment. Das haben wir gleich. Da sollte GoogleMaps helfen. Schauen wir mal ..."

„Tatsächlich!", nickte Dominik. „Das hat wirklich große Ähnlichkeit. Aber was soll das bedeuten?"

Paul kratzte sich am Kopf und lief einige Schritte hin und her. „Hailey, gibt es auf Skye auch solche Columban-Kreuze?"

„Bestimmt. Aber die können wir unmöglich alle untersuchen. Ich weiß nicht einmal so genau, wo die alle stehen."

„Hm", murmelte Paul und schüttelte langsam den Kopf. „Ich kann mir nicht vorstellen, dass es nur ein Hinweis auf andere Kreuze im Allgemeinen sein soll, wenn es davon mehrere gibt. Du sagtest, das sei möglicherweise ein Columban-Kreuz. Den Umriss haben wir als Skye identifiziert. War dieser Columban irgendwann einmal auf Skye?"

Hailey überlegte. Dann klatschte sie sich an die Stirn. „Aber natürlich, das muss es sein!" Plötzlich rannte sie davon und steuerte die Fähre an. „Na los, kommt schon!"

Dominik und Sarah hatten sie schnell eingeholt und fragten unterwegs: „Was muss was sein? Was ist dir eingefallen?"

Hailey erklärte: „Columban war mindestens zweimal als Missionar auf Skye. Dort baute er sogar ein Kloster, das aber zerstört wurde. Es befand sich auf einer kleinen Insel, die heute als *Insel des Columban* bekannt ist. Sie befindet sich inmitten eines Flusses auf der Insel Skye. Ich denke, dort sollten wir weitersuchen!"

Sie erreichten die Fähre gerade noch rechtzeitig. Der Kapitän war schon unruhig geworden.

Emy schaute zum Himmel empor. „Die weitere Suche wird bis morgen warten müssen. Es wird schon dunkel, und bis wir zu Hause sind, sieht man gar nichts mehr."

Von Columban zu Vanbrugg

Kapitel 7

Schon früh am Morgen machten sich die Kinder auf den Weg nach Skeabost, einem kleinen Dorf auf der Insel Skye, wo sich auch Columbans Insel befand. Emy hatte vorher einige Fahrräder organisiert, da sie nicht permanent als Taxifahrerin verfügbar war. Trotz ihres Urlaubes, den sie extra genommen hatte, wurde sie heute gebraucht.

„Uff", hechelte Paul, „ich hatte ganz vergessen, wie anstrengend Fahrradfahren ohne Gangschaltung ist."

Hailey schmunzelte. „Dabei sind das nur rund zehn Meilen."

„Du hast leicht reden", schwitzte Sarah. „Du hast auch ein ordentliches Mountainbike für die Berge, wir nur diese ... Dinger."

Samuel lachte. „Ach, kommt schon. Hört auf rumzujammern. Nicht jetzt schon. Wir werden bestimmt noch mehr fahren."

Dominik schwieg, überholte die anderen einfach und fuhr vorneweg. „So geht das, Leute!"

Nach einer knappen Stunde rief Hailey: „Jetzt rechts abbiegen, dann gleich wieder links. Nach ein paar Metern haben wir die Insel des Columban erreicht."

Und tatsächlich. Es dauerte gar nicht lange, da erreichten sie einen Fluss, der um eine kleine Insel herumfloss.

„Los, kommt! Mal schauen, was wir so finden", rief Dominik abenteuerlustig und war schon fast drüben.

Die Insel war nicht sehr groß und schien nicht viel zu bieten. Außer einigen Büschen, ein paar alter Steinplatten und einigen Grabsteinen fanden sie ein paar kleinere Ruinen.

„Die liegt bestimmt schon lange hier", sagte Samuel und bückte sich über eine große Steinplatte, die mitten auf der

Wiese lag. Das Steinrelief eines Mannes mit Schwert zierte die Platte. „Wer das wohl sein mag?"

Hailey hob die Schultern. „Keine Ahnung."

„Ich frage mich, ob wir hier richtig sind." Paul schaute sich um. „Hier ist doch nichts weiter."

Inzwischen hatte sich Sarah vor einem der Grabsteine hingekniet und betrachtete konzentriert dessen Inschrift.

„Hast du etwas gefunden?" Samuel war zu ihr gestoßen.

„Hm, vielleicht. Ich bin überrascht, hier einen Grabstein von Earl Vanbrugg zu finden."

„Vom Earl?" Überrascht kam Hailey dazu. „Das ist unmöglich. Meine Mutter hat doch erzählt, er sei ausgewandert."

Sarah rieb sich das Kinn. „Also, streng genommen ist nicht gesagt, dass dies hier der Grabstein des Earls ist. Hier steht nämlich nur *In memory of the beloved benefactor Vanbrugg. We miss you! (In Gedenken an den geliebten Wohltäter Vanbrugg. Wir vermissen Sie!)*"

„Die Jahreszahl ist interessant: 1945", stellte Samuel fest und stupste Hailey an. „Ist gegen Ende des Krieges nicht der damalige Schlossherr verschwunden, der auch Vanbrugg hieß? Außerdem wird Vanbrugg hier als Wohltäter beschrieben. Deine Mutter erzählte doch so etwas – die Sache mit der Wein- und Champagnersammlung."

Sarah lehnte sich nach vorn und untersuchte die Inschrift genauer. Dabei entdeckte sie etwas. „M, O, H, B, L, C, R, A, U und ein S. Komisch", murmelte sie. „Wieso sind unter einigen der Buchstaben Punkte?"

Paul beugte sich nach vorn. „Sieht aus wie Markierungen. Das könnte ... ein Buchstabencode sein. Ich kann mich irren. Aber wenn man genau hinschaut, sind unter dem H und dem U jeweils zwei und dem C sogar drei Punkte. Das könnte bedeuten, dass man diese Buchstaben mehrmals braucht."

„Guter Gedanke", nickte Samuel, holte sein Handy heraus und tippte die Buchstaben ein. „Na, mal sehen, was wir daraus machen können. Scrabble lässt grüßen." Er hielt das Gerät in die Mitte, sodass alle mitraten konnten.

„Cobra Mulch Such. Hm, nee."

„Crab..."

„Blah... uff"

„Lamb Couch."

„Was für'n Ding? Ein Lamm-Sofa?", lachte Hailey. „Wie wär's mit Macho Club?"

Alle lachten laut los.

„Oder Mocha Chubs."

„Ich hab's: Coma Lurch", grölte Dominik.

Das ging so noch eine ganze Weile lustig weiter. Leider kam dabei nichts Nützliches heraus.

Auf einmal hob Samuel die Hand, und alle verstummten. „*Church!* Was ist mit *Church*?"

„Klingt vernünftig", überlegte Paul. „Und weiter?"

„Also, wenn wir *Church* mal beiseitelegen, bleiben folgende Buchstaben übrig: ein M, ein O, ein B, ein L, ein C, ein A, ein U und ein S."

Hailey verdrehte den Kopf, um die Buchstaben aus allen Richtungen zu betrachten, trat einen Schritt zurück und warf den Kopf in den Nacken. „Ha! Ich hab's!", rief sie aus. „Columba. Das heißt: Columba's Church."

„*Church* heißt doch Kirche, wenn ich nicht irre", grübelte Dominik, zu dessen Stärken Englisch nicht unbedingt zählte.

„*That's right*", nickte Hailey.

Sarah warf ein: „Warum eigentlich Columba's Church? Müsste das nicht Columban's Church heißen?"

Hailey zuckte mit den Achseln: „Tja, keine Ahnung, aber die heißt wirklich so."

Samuel war neugierig geworden. „Das heißt, du kennst du eine Kirche mit diesem Namen?"

„Na klar. Steht in Portree. Klein und schnuckelig. Allerdings war ich seit einer Ewigkeit nicht mehr dort."

„Also nichts wie hin“, erklärte Dominik und sprang bereits wieder in Richtung Fahrräder.

„Oh Mann. Den ganzen Weg zurück?“, stöhnte Paul.

Hailey schaute ihn mit großen Augen an. „Ist nicht dein Ernst, oder?“

„Hihi.“ Paul versuchte, es mit einem verschmitzten Grinsen zu überspielen. Wie ein Schlappschwanz wollte er auch nicht dastehen. Also folgte er Dominik ohne weitere Worte.

Als sie in Portree ankamen, begann es zu regnen. Die kleine Kirche war schnell gefunden. Sie stellten ihre Fahrräder ab und eilten zur Tür.

Poch poch poch. Hailey klopfte wie wild an die dunkle Holztür. *„Feuch an fosgail thu!“*

Sarah hielt die Hände über den Kopf. Es begann richtig zu schütten. „Was hast du gerade gerufen? Das klang nicht sehr englisch.“

Hailey klopfte weiter. „Nein, das war schottisch. Wenn die Leute hier wütend werden, schimpfen sie oft auf Schottisch.“

„Ach so.“ Inzwischen musste Sarah schon fast schreien, so stark regnete es. „Ich hatte ja keine Ahnung.“

Endlich öffnete jemand die Tür, und fünf klatschnasse Kinder platzten in die Kirche hinein.

„Uhhaaa. Danke. *Thank you.* Und so weiter“, brabbelte Dominik.

Ein völlig verdutzter alter Mann schaute die Kinder fragend an und sagte: *„Halò!“*

„Hallo?“ Paul wunderte sich. „Sie sprechen Deutsch?“

Der alte Mann schüttelte langsam den Kopf und zuckte mit den Schultern.

Glücklicherweise kam Hailey zu Hilfe. Sie sprach einige unverständliche Sätze mit dem Mann, der daraufhin lächelte und die Kinder zu sich winkte. Er führte sie in einen Nebenraum, in dem sich einige Stühle und ein Sofa befanden, und verschwand hinter der nächsten Tür. Kurz darauf erschien er wieder mit einem Tablett und heißem Tee. Dankbar schlürften sie das wärmende Getränk.

Dann fragte Paul: „Spricht er nun Deutsch, oder nicht?“

Hailey schmunzelte. „*No*, tut er nicht. Das schottische *Halò* klingt allerdings dem deutschen Hallo recht ähnlich.“

„Ah.“ Damit war Paul zufrieden.

Der alte Mann stellte sich als eine Art Kirchenvorsteher heraus und fragte Hailey nun, warum sie Einlass begehrt hatten. Sie erklärte ihm, dass sie einem uralten Geheimnis auf der Spur seien. Der alte Mann machte große Augen.

„Hailey, frag ihn bitte, was das älteste Objekt in seiner Kirche ist.“

Er musste nicht lang überlegen und bedeutete den Kindern, ihm zu folgen. Im Hauptsaal der Kirche ging er nach vorn und blieb vor dem Taufstein stehen. „*An seann chruth baistidh*“, sagte er.

„Er meint den Taufstein“, sagte Hailey, während er weiterredete. „Er erklärt uns gerade, dass dies das einzige Erbe des heiligen Columban ist. Vor mehr als tausend Jahren kam er auf die Insel Skye und brachte den christlichen Glauben mit. Er baute ein Kloster. Dort wurde auch dieser Taufstein gemacht. Als die Wikinger das Kloster wiederholt angriffen, nahmen einige Mönche den Taufstein und brachten ihn in Sicherheit. Denn er war etwas ganz Besonderes.“

Gerade als Hailey dies sagte, hockte sich der alte Kirchvorsteher hin und strich zart über die Risse des runden Säulenfußes.

„Oha“, murmelte Paul. „Der Taufstein hat wohl schon einiges abbekommen.“

Samuel hatte sich ebenfalls hingehockt. „Seht euch das mal an! Der Fuß des Steins ist mit Bildern versehen. Wunderschöne Handarbeit“, staunte er.

Der Kirchvorsteher konnte seine Worte nicht verstehen, erkannte aber Samuels Begeisterung und klopfte ihm lächelnd auf die Schulter. Dann nahm sein Gesicht einen etwas verwirrten Gesichtsausdruck an, und er erzählte Hailey, dass vor ein paar Tagen schon einmal jemand nach dem Taufstein gefragt hatte.

Sarah und ihre Freunde machten große Augen.

„Also sind wir auf der richtigen Spur“, erkannte Paul.

„Ja, und irgendjemand ist uns noch immer einen Schritt voraus“, grummelte Samuel.

In diesem Moment klingelte das Telefon in einem der angrenzenden Räume, und der alte Mann begab sich nach draußen.

„Ich erkenne drei verschiedene Motive“, sagte Dominik und rutschte einmal um den Stein herum. „Das hier könnte ein Schloss oder eine Burg sein.“

„Zeig mal her!“, bat Hailey und kroch zu ihm. „Hm, ich tippe mal auf Dunvegan Castle im Westen der Insel.“

„Okay, das hier ist definitiv eine Steinbrücke“, erklärte Sarah.

„Das ist die Sligachan Bridge. Sie befindet sich südlich von hier.“

Schließlich begab sie sich zu Paul, der stirnrunzelnd vor dem dritten Motiv saß. „Keine Ahnung, was das sein soll. Ob hier was kaputt gegangen ist?“

Hailey brach in schallendes Gelächter aus. „*Uh, sorry, man.* Das ist eine Felsformation. Man nennt sie Old Man of Storr. Das ist eines der beliebtesten Wanderziele im östlichen Teil der Insel.“

„Hm.“ Samuel stand auf und lief auf und ab. „Drei Himmelsrichtungen. Da fehlt doch noch eine vierte.“

Paul schaute sich den Taufstein noch einmal genau an. „Aber es sind definitiv nur drei Bilder.“

Sarah kroch etwas näher und betrachtete den Taufstein von unten. Dabei fiel ihr etwas auf. „Was ist das hier?“

„Ist das ein Dreieck?“, fragte Dominik unsicher.

„Sieht so aus. Es ragt aus dem Stein heraus und scheint sich an einer Art Ring zu befinden.“

„Und es ist rot“, stellte Dominik fest.

Paul kam dazu. „Sekunde mal!“ Er kroch auf die andere Seite des Taufsteins und rief: „Wusste ich’s doch. Hier, das Bild vom Schloss ist mit roter Farbe gemalt. Und hier – die Brücke ist blau.“

„Und der alte Mann ist grün“, konnte Sarah ergänzen. „Aber wieso zeigt das rote Dreieck auf die blaue Brücke?“

Hailey lief um den Stein herum und entdeckte noch etwas. „Leute, da gibt es noch zwei weitere Farbdreiecke. Also sind es insgesamt drei. Sie besitzen genau die drei Farben der Bilder.“

„Aber sie sind falsch zugeordnet“, erkannte Samuel. „Ich schlage vor, wir versuchen, die farbigen Dreiecke zu den passenden Farben der Bilder zu schieben.“

Anfangs ging es etwas schwer. Die hatte wohl schon lange niemand mehr in Bewegung gesetzt. Doch schließlich ließen sich die Dreiecke auf Ringschienen rings um den Stein drehen. Dominik schob das rote Dreieck zum roten Schloss. Sarah schob das grüne Dreieck zum alten Mann und Paul das blaue zur Brücke. Gerade als er das letzte Dreieck einrastete, hörten sie ein kratzendes Geräusch. Dann machte es klack. Hailey sprang erschrocken zurück, als am Fuß des Taufsteins ein Stein heraussprang.

„Huch!“, rief sie. „Hab ich was kaputt gemacht?“

Paul schüttelte den Kopf. „Nein, das glaube ich nicht.“ Er griff in das Loch und holte ein metallisches Objekt heraus.

„Ein Schlüssel!“, rief Hailey erstaunt.

„Psssst“, mahnte Samuel zur Stille und legte ihr den Finger auf den Mund. „Wir wissen nicht, wem wir trauen können.“

Hailey nickte stumm.

„Schnell, steck den Stein wieder in das Loch!“, befahl Samuel Paul, der sofort verstand.

„Ah, excuse me, please!“ Der alte Mann kam gerade von seinem Telefongespräch zurück und entschuldigte sich für die Unterbrechung.

Schnell steckte Paul den Schlüssel in seine Hosentasche.

Samuel schaute durchs Fenster nach draußen. „Es hat aufgehört zu regnen. Wir sollten wieder los."

Der freundliche alte Mann verstand, begleitete die Kinder zur Tür und winkte ihnen zum Abschied.

„Eigentlich ein netter Kerl, finde ich."

„Hailey, ich verstehe, dass du nicht grundlos misstrauisch sein willst. Aber die Sache ist ernst."

„Schon klar."

„Gut. Gibt es hier einen Ort, an dem wir ungestört sind?"

Hailey überlegte. „Folgt mir!"

Gemeinsam fuhren sie ein paar Querstraßen weiter zu einem Waldstück, an dessen Ende der Hang relativ steil zum Hafen abfiel.

„Hier dürfte uns keiner stören. Aber passt auf, wo ihr hintretet. Manchmal, wenn ich meine Ruhe haben will, komme ich hierher und genieße den Ausblick."

„Nettes Plätzchen", lobte Sarah sie.

Sie machten es sich auf einer Bank gemütlich und schauten zu den kleinen Booten aufs Wasser. Inzwischen waren Paul, Dominik und Samuel in ihre Überlegungen vertieft, was es mit dem Schlüssel und den drei Bildern auf sich haben könnte.

„Es könnte sein, dass in jedem dieser Bilder ein Hinweis versteckt ist", überlegte Dominik.

Paul murmelte: „Ein Schloss, eine Brücke, ein Felsen. Könnte was bedeuten. Vielleicht müssen wir alle drei Orte besuchen und uns dort umschauen."

„Ja, das wäre eine Idee", nickte Dominik. „Was meinst du, Samuel?"

„Ich weiß nicht recht, das wäre ein ziemlich großer Aufwand. Die Zahl drei scheint mir doch sehr wichtig zu sein. Es sind drei Bilder. Die Riegel bestehen aus Dreiecken. Und schaut euch mal den Schlüssel an: Der Schlüsselbart besitzt eine hohle Dreiecksöffnung. Und die Reite, also der Kopf des Schlüssels, ist mit einem dreieckigen Loch versehen und in diesem Loch ist eine schmale Röhre eingebaut."

„Erinnert an ein Mini-Fernrohr", stellte Dominik fest.

Paul murmelte: „Drei Himmelsrichtungen."

„Was hast du gerade gesagt?" Samuel schaute auf und schien einen Geistesblitz zu haben. „Wiederhol das noch mal!"

„Drei Himmelsrichtungen? Das hatten wir doch vorhin schon in der Kirche festgestellt."

Samuel stand auf, hielt den Schlüssel in die Luft und schielte durch das kleine Dreieck der Reite. „Es könnte sein ..."

„Nun erzähl schon!", drängte Hailey ihn.

„... dass wir eine geografische Landmarkierung suchen müssen. Wo kriegen wir am schnellsten eine Landkarte her?"

Hailey wusste Hilfe. „Sicher im *iCentre*, das ist ein Touristeninformationszentrum. Mir nach!"

Im *iCentre* war gerade nicht viel los, sodass sie schnell an der Reihe waren und um eine Landkarte bitten konnten.

„Erklärst du uns bitte, welchen Geistesblitz du hattest?", bat Sarah.

„Also, wir haben drei fixe Punkte auf der Landkarte: das Schloss, die Brücke und die Felsformation. Wenn wir diese drei Punkte nun verbinden ..." Samuel nahm einen Stift und zeichnete Linien ein. „... erhalten wir ein Dreieck."

„Und nun?" Hailey schüttelte ungläubig den Kopf.

Samuel grinste und fuhr fort. „Jetzt ermitteln wir die Mitte der Linien und zeichnen von dort aus eine Linie zum gegenüberliegenden Punkt. Ich zeig's euch." Er drehte die Landkarte ein wenig und zeichnete eine Linie von Dunvegan Castle zur Sligachan Bridge, von der Sligachan Bridge zum Old Man of Storr und von dort aus zu Dunvegan Castle, womit er ein Dreieck erhielt. Nun maß er jeweils die Mitte auf den Linien ab und markierte sie. Schließlich zog er drei weitere Linien: jeweils eine von einem der Mittelpunktmarkierungen zur gegenüberliegenden Sehenswürdigkeit.

„Na, so was. Jetzt haben wir in der Mitte einen Schnittpunkt", staunte Hailey. „Wow."

„Aber was machen wir mit dem Schlüssel?", fragte sich Dominik.

Das konnte Samuel ihm auch nicht beantworten. „Keine Ahnung. Aber wir werden es bestimmt herausfinden."

Hailey schaute sich die Karte an und meinte dann: „Diese Gegend kenne ich. Da gehen wir ab und zu wandern. Da gibt's einen kleinen See in der Nähe, den Loch a' Ghlinne Bhig. Hm, wenn ich so darüber nachdenke ..."

„Was ist?"

„Wenn ich nicht irre, befindet sich oben auf dem Berg ein relativ großer Steinblock mit einem Loch drin."

Sarah schaute auf. „Ach was. Dann nichts wie hin!"

„Wie weit ist das?", fragte Paul.

„Etwa fünf, sechs Meilen. Weiß nicht genau. Wirst du es schaffen?", grinste sie ihn an.

„A...aber klar doch", nickte er eifrig.

Kurz darauf waren sie auf dem Weg zum Loch a' Ghlinne Bhig. Die Fahrt führte durch bergige Landschaft. Hier wurde schnell klar, dass Dominik auf dem Fahrrad zu Hause war. Oben angekommen warf Paul das Rad in die Wiese und keuchte. „Stopp. Ich brauch mal 'ne Pause. Mir fehlt echt die Gangschaltung."

„Ja, okay. Machen wir eine kurze Pause", stimmte Samuel zu. „Sonst haben wir am Ende noch einen Verlust zu beklagen." Dabei grinste er zu Paul, der diese Bemerkung einfach ignorierte.

Nun folgte eine etwas beschwerlichere Wegstrecke, sodass sie beschlossen, zu Fuß weiterzugehen.

„Meinst du, wir können die Fahrräder hier liegenlassen?", fragte Paul Hailey.

„Klar, warum nicht?" Dabei stützte sie die Hände in die Hüften und sagte voller Entrüstung: „Hast du Angst, dass man uns die Räder klaut? Auf Skye gibt's doch nur nette Leute. Dafür kann ich mich verbürgen."

„Wenn du das sagst."

Das letzte Stück des Weges war schnell zurückgelegt.

„Wie ich sehe, bist du zu Fuß schneller", stichelte Hailey. Paul überhörte es geflissentlich.

„Meintest du diesen Stein?", fragte Samuel und wies nach vorn.

„Ja, genau den. Na ja, okay. Ist vielleicht eher eine Säule", grinste sie verlegen.

„Das würde ich auch meinen. Genauer gesagt, eine Triangulationssäule, wenn ich nicht irre."

„Eine WAS?"

„Solche Säulen wurden früher zur Landvermessung benutzt. Davon gibt es sicher noch viel mehr in der Gegend."

„Und woher weißt du das?"

„Na ja, in Deutschland gab es das auch. Zum Beispiel in Sachsen, einem Bundesland in Deutschland, existierte Mitte bis Ende des 19. Jahrhunderts eines der fortschrittlichsten Triangulationsnetze ganz Europas."

Inzwischen hatten sie die Säule erreicht.

„Du sagtest, da sei ein Loch", erinnerte Sarah sich.

Hailey nickte. „Ja genau."

„Woher weißt du das so genau? Ich kann hier nichts erkennen", wunderte sich Dominik.

„Früher war ich öfters mit meinen Eltern hier wandern. Ich musste einfach jedes Mal die Säule erklimmen. So eine Marotte von mir. Deshalb kenne ich das Loch auch. Es befindet sich oben drauf. Gebt mir den Schlüssel, bitte."

Paul reichte ihr den Schlüssel, sie klemmte ihn zwischen die Zähne und kletterte wie ein kleines Äffchen die Säule empor.

„Hier oben ist die Aussicht doch immer noch am schönsten", rief sie hinunter. „Also gut. Ich stecke den Schlüssel jetzt hinein. Moment mal, ich erkenne hier noch ein kleines Dreieck."

„Das könnte die Richtung angeben, in der du den Schlüssel hineinstecken musst", überlegte Samuel.

„Nein", antwortete Hailey. „Er passt nur in einer einzigen Position. Und? Tut sich irgendwas?"

„Nein, nichts!", rief Paul nach oben.

Samuel war sichtlich enttäuscht. „Komisch. Wir haben den richtigen Ort gefunden. Der Schlüssel passt. Was haben wir übersehen?"

„Sehen! Das könnte es sein!", rief Dominik ganz aufgeregt. „An dem Schlüsselkopf war doch so eine Art kleines Fernrohr dran. Kannst du durch das Mini-Fernrohr der Reite schauen?"

„Meinst du diese kleine Röhre hier? Kann's ja mal versuchen."

„Beachte die Blickrichtung, die durch das Dreieck am Schlüsselloch angezeigt wird", sagte Samuel.

Hailey musste ein Stück zurückrutschen und sich ziemlich verrenken, um hindurchsehen zu können. „Ich sehe ... einen Hügel. Da drüben. Ich komme wieder runter." Sie zog den Schlüssel aus dem Loch und rutschte wieder nach unten, dann sprang sie ab. „Aaaachtunggg!"

„Okay, führ uns zu diesem Hügel", bat Sarah.

Gemeinsam kraxelten sie über Stock und Stein und erreichten schließlich einen vollständig zugewachsenen Grashügel. Sie schauten sich in der ganzen näheren Umgebung um, konnten aber nichts Auffälliges entdecken.

Paul stolperte über eine Wurzel und krachte auf einen Stein. „Ahh. Autsch!"

Sofort kam Sarah herbeigeeilt. „Hast du dich verletzt?"

Paul stöhnte. „Hmpf. Nein, ich glaube nicht. Bin mit dem Kinn hier draufgeknallt. Glücklicherweise ist hier alles mit dickem Moos bewachsen."

Gerade als Paul wieder aufstehen wollte, rutschte er von dem großen Stein ab und riss dabei ein Stück Moos mit weg.

„Stopp mal!" Dominik zeigte auf die nun freigelegte Stelle am Stein. „Da ist etwas eingraviert. Ein Muster."

Sofort machten sich die anderen daran, das Moos komplett vom Stein zu kratzen. Zum Vorschein kam ein altes Steinrelief.

„Was ist das denn?“ Sarah stand auf und betrachtete das Relief von weiter oben. „Also, für mich sieht das aus wie ein Kreuz. Es steht neben einer ...“

„Eisenbahn?“ Etwas irritiert schaute Dominik sich das Bild an, das da jemand in den Stein gehauen hatte. „Ich dachte, auf Skye gibt es keine Eisenbahn.“

„Stimmt eigentlich auch“, bestätigte Hailey. „Obwohl ... ich meine mich zu erinnern, dass es vor langer Zeit einmal eine Eisenbahnstrecke gab. Wo war das nur gleich noch mal? Sorry. Es fällt mir nicht mehr ein. Aber wir könnten meine Mom fragen.“

„Oder Google“, meinte Samuel. „Würde ich auch sofort tun, wenn es hier Empfang gäbe.“

„Also dann – zurück nach Hause.“

Als sie wieder auf Cardiff Castle ankamen, nahmen sie köstliche Gerüche wahr.

Paul fasste sich an den Bauch. „Oh ... mir fällt gerade ein, dass wir heute noch gar nichts zu Mittag gegessen haben.“

„Ja, mein Magen knurrt auch ganz schön“, pflichtete Samuel ihm bei.

Als hätte sie es geahnt, öffnete Bridget ihnen die Tür und sagte fröhlich lächelnd: „*Well*, das ist aber schön, dass ihr kommt. Ich bereits hatte befürchtet, ich würde müssen die ganzen Schnitzel selbst essen.“

Sofort stürmten die Kinder in die Küche.

Nach dem verspäteten Mittagessen recherchierten sie im Internet, um die mysteriöse Eisenbahn auf Skye zu finden.

„Da, ich hab's!“, rief Hailey. „In der Nähe der Kirche Cill Chriosd gab es einmal eine Bahnstrecke, die zum Transport von Marmor genutzt wurde. Die Kirche – oder das, was von ihr übrig ist – ist heute als Museumsruine zu besichtigen.“

Sarah schlug vor: „Dort sollten wir weitersuchen."

„Dann symbolisiert das Kreuz auf dem Stein also die Kirche", stellte Samuel fest.

„Müssen wir da wieder mit dem Fahrrad fahren?"

„Och, Paul!", setzte Dominik an.

Doch Hailey hob die Hand. „So gern ich auch mit dem Fahrrad unterwegs bin, aber das muss diesmal echt nicht sein. Für heute Nachmittag sind weitere starke Regenfälle angesagt, und die Hinfahrt mit dem Rad dauert wenigstens eineinhalb Stunden. Da frag ich lieber meine Mom, ob sie uns fahren kann."

Sichtlich erleichtert ließ Paul sich in den Stuhl zurückfallen.

„Na, da hast du ja noch mal Glück gehabt", witzelte Samuel.

Die Ruine der Kirche befand sich auf einer kleinen Anhöhe. Ringsum standen Grabsteine und weitere kleine Ruinen.

„Ich muss noch einen wichtigen Anruf machen", erklärte Emy. „Ich bleibe deshalb im Auto und warte auf euch, okay?"

„Alles klar, Mom. Bis dann." Hailey führte Sarah und ihre Freunde zur Ruine, wo sie sich umsahen.

„Schaut euch mal diesen Baum hier an!" Samuel deutete auf einen knorrigen, mehrfach gewundenen Baumstamm. „Sieht aus, als würde er den Rest der Mauer festhalten."

„Wir sollten die Grabsteine untersuchen", schlug Paul vor. „Vielleicht finden wir hier auch wieder einen verborgenen Hinweis."

„Gute Idee. Am besten, wir verteilen uns."

In den nächsten Minuten erforschten die Kinder alle Steine, die sich finden ließen, und versuchten, geheime Botschaften zu entdecken. Dann setzte der Regen allmählich ein, und sie versammelten sich wieder in der Kirche.

„Also, ich weiß nicht. Wir haben den ganzen Friedhof abgeklappert. Bist du sicher, dass wir hier richtig sind, Hailey?" Dominik war gerade etwas genervt.

„Definitiv."

„Stopp mal!", sagte Sarah plötzlich und begann herumzuschnüffeln wie ein Hund.

„Nimmst du Witterung auf?", grinste Hailey.

„Ich rieche etwas. Derselbe Geruch wie am ersten Tag. Als wir gerade eingetroffen waren, glaubte ich, jemanden gesehen zu haben. Doch als Paul und ich nachschauten, war niemand mehr da. Doch mir fiel dieser minzige Geruch auf. Und hier auch wieder."

„Und das im Regen?" Hailey staunte. „Du hast ja 'nen guten Riecher."

Sofort hielten die Kinder Ausschau, konnten aber niemanden entdecken. Sie waren allein hier oben in der Ruine. Zumindest hatte es den Anschein.

Hailey hatte sich an der Wand angelehnt, als Samuel eine Steintafel mit einer eingravierten Pergamentrolle hinter ihr entdeckte. „Rutsch mal bitte zur Seite, Hailey! Eine Pergamentrolle. Hm ... ziemlich untypisch für ein Kirchenmotiv, oder?"

„Was steht denn hier unten? *Honoring Earl Vanbrugg – Friend of the Crofters. Zu Ehren von Earl Vanbrugg – Freund der Crofters.*"

„Die Crofters", wiederholte Hailey nachdenklich. „Hatte meine Mutter nicht etwas von der Geschichte der Vertreibung der Crofters erzählt?"

„Ja, genau. Es soll einen gegeben haben, der dem Earl folgen wollte."

Samuel ergänzte: „... und uns eine Notiz hinterlassen hat."

„Im People's Palace!", erinnerte sich Hailey. „Dann müssen wir morgen nach Glasgow fahren und dieses Schriftstück mal unter die Lupe nehmen."

„Das machen wir", bestätigte Paul.

In diesem Moment krachte es gewaltig am Himmel. Der laute Donner kündigte das nahende Gewitter an. Die Kinder schafften es gerade noch so zum Auto, als sich über ihnen die Schleusen des Himmels öffneten.

Alte Wunden

Kapitel 8

Als Paul mit seinem Vater den Frühstückssaal betrat, warteten die anderen schon ganz ungeduldig.

„Na, hallooo."

„Einen wunderschönen guten Morgen, Markus!" Emy begrüßte ihn freundlich. „Du siehst heute schon viel besser aus."

Markus versuchte ein wenig zu lächeln. „Na ja, gestern Abend hatte ich Fieber bekommen. Schließlich habe ich die ganze Nacht geschwitzt wie ein Weltmeister. Okay, genug von mir. Erzählt mir doch bitte einmal, was ihr inzwischen herausgefunden habt."

„Also, wir wissen jetzt mit Bestimmtheit", begann Hailey frech grinsend, „dass Paul mehr Bewegung braucht."

Das ließ Paul nicht auf sich sitzen, und er konterte prompt: „Und unsere liebe Hailey ist definitiv ein kleines Äffchen, so gut, wie sie klettern kann."

Sarah, Dominik und Samuel mussten laut loslachen, während Emy und Markus irritiert dreinschauten.

„Super, dass ihr euch ... versteht", murmelte Emy, die noch nicht genau wusste, ob das jetzt gut oder schlecht war.

Samuel ergriff das Wort: „Inzwischen sind wir ziemlich sicher, dass der Professor auf der Suche nach einem wichtigen Dokument war, das Columban überreicht worden sein soll. Auf Iona haben wir von Bruder Magnus erfahren, dass der Professor – schon vor Wochen – die alte Klosterchronik untersucht hat. Das lässt vermuten, dass er tatsächlich die Anfänge der Christenheit in Schottland erforschte."

Paul fuhr fort: „Die frühzeitliche Missionierung Schottlands ist, wie wir gelernt haben, untrennbar mit diesem Columban verbunden, der den christlichen Glauben von Irland nach Schottland brachte. Also haben wir uns auf Columbans Spuren begeben und sind ihm auf seine Insel gefolgt ..."

„... die bei Skeabost liegt", ergänzte Hailey. „Dort haben wir einen interessanten Grabstein eines Vanbrugg gefunden."

„Vanbrugg?", unterbrach Markus. „Ich dachte, der Earl sei vor zwei Jahrhunderten nach Amerika geflohen."

„Der Earl Vanbrugg, ja", nickte Sarah. „Allem Anschein nach ist aber einer seiner Nachfahren nach Skye zurückgekehrt. Möglicherweise hat er das Schloss wiederaufgebaut. Das können wir aber noch nicht beweisen. Jedoch steht auf dem Grabstein, dass man den Wohltäter Vanbrugg vermisst."

„Mit dem Todesjahr 1945", fügte Dominik an.

„1945", murmelte Emy. „Das Jahr des Flugzeugabsturzes. In diesem Jahr verschwand der Schlossbesitzer. Außerdem ..." Sie stand auf und raufte sich die Haare. „... war es dasselbe Jahr, in dem ein Unbekannter seine Weinsammlung anbieten wollte. Das würde erstaunlich genau zu dem Zeitungsartikel passen. Wisst ihr, was das bedeuten könnte?"

„Dass der Wohltäter, der auf dem Grabstein verewigt wurde, derselbe ist, der die Weinsammlung versteigern wollte. Denn in beiden Fällen wird von einem Wohltäter gesprochen, der verschwunden ist – Vanbrugg", fasste Markus zusammen.

Emy nickte gedankenverloren. „Da ist noch etwas. Mein Vater erzählte in letzter Zeit immer wieder mal etwas von einem Orden der Archivare und dass hier auf Cardiff Castle eines seiner Vermächtnisse ruhe, welches mit einem Vanbrugg zu tun habe. Aber ich habe das nie wirklich verstanden."

„Hm ... vielleicht meinte er damit das geschichtliche Erbe des Ordens", überlegte Sarah.

Dominik runzelte die Stirn. „Sorry, wenn das jetzt eine doofe Frage ist, aber warum heißt das Schloss dann überhaupt Cardiff Castle? Das ergibt für mich keinen Sinn. Müsste es nicht vielmehr Vanbrugg Castle heißen?"

„Das ist eine gute Frage, Dom." Markus erklärte: „Schlösser, Burgen oder Herrenhäuser wurden und werden häufig nach ihren zumeist adligen Besitzern benannt. Früher hieß das Anwesen bestimmt Vanbrugg Castle. Da es nun Professor Cardiff kaufte, heißt es seitdem Cardiff Castle."

„Aha. Das erklärt es natürlich."

Samuel nahm den Faden wieder auf. „Jedenfalls glaube ich, dass Vanbrugg selbst auf den Spuren Columbans wandelte. Wie genau, können wir noch nicht sagen. Aber es gibt erstaunliche Verbindungen."

„Nun, von Columban weiß ich, dass er als Freund der Bücher und Schriften galt", erzählte Pauls Vater. „Ihr habt mir erzählt, dass ein Kurier ein wichtiges Dokument zu Columban brachte, damit der es untersuchte und vielleicht auch kopierte. Aber dann kamen die Wikingerüberfälle dazwischen. Hm ..."

„Wir können nur hoffen, dass das Dokument irgendwie überlebt hat. Wenn in der Chronik davon geschrieben ist, muss es eine Bedeutung haben."

„Vielleicht ging es dabei um das berühmte Pergament des dritten Zeugen", mutmaßte Pauls Vater. „Bei meiner Suche nach weiteren Testamenten stieß ich auf Hinweise, dass es damals zur Zeit Jesu einen kaum bekannten Schreiber gab, der viele der Worte Jesu originalgetreu aufgeschrieben haben soll. Das war schon etwas Besonderes, denn normalerweise wurden die Lehren der Rabbiner damals mündlich überliefert und erst später aufgeschrieben. Dieser Schreiber könnte also ein wichtiger Zeuge Jesu gewesen sein."

„Aber eine Sache versteh ich nicht", sagte Hailey. „Samuel, du hast gestern erzählt, dass die Tridingsbums-Vermessungssäulen im 18. oder 19. Jahrhundert errichtet wurden. Der Taufstein, der uns dorthin führte, sollte aber sehr viel älter sein. Wie konnte dieser Columban, der im vorletzten Jahrtausend gelebt hat, so etwas machen? Das dürfte praktisch unmöglich sein, außer er besaß eine Zeitmaschine."

„Das ist eine gute Frage“, nickte Samuel. „Die Antwort ist recht simpel, denke ich. Der Taufstein wurde später umgebaut. Landvermessung mithilfe von Triangulationssäulen gab es zur Zeit Columbans noch nicht. Es muss also später gewesen sein, dass jemand den Taufstein zum Rätselstein umfunktionierte.“

„Und uns damit zur Ruine von Cill Chriosd führte“, ergänzte Dominik.

„Was habt ihr dort gefunden?“, wollte Pauls Vater wissen.

Sarah erklärte: „Eine Inschrift mit einem Pergament.“

„Ein Pergament? Habt ihr ein Foto?“ Markus stand auf und wurde auf einmal ganz aufgeregt. „Erzähl mir mehr davon!“

„Oh, fotografiert haben wir das leider nicht. Aber da gibt es auch nicht viel zu erzählen. In der Ruine war an einer Wand eine Steintafel angebracht. Sie trug das Bild einer Schriftrolle oder eines Pergaments, das war nicht so genau zu sehen.“

„Was stand drauf?“

Hailey antwortete: „*Honoring Earl Vanbrugg – Friend of the Crofters*. Der Rest war leider nicht mehr zu entziffern.“

„Hm ... zu Ehren von Earl Vanbrugg – Freund der Crofters“, übersetzte Markus leise murmelnd.

In diesem Moment klingelte es an der Tür, und ein Brief wurde abgegeben.

„Für Sarah Flemiger“, sagte das Putzmädchen und übergab Sarah den Brief.

Sarah machte große Augen. „Für mich?“

Alle Augen waren jetzt auf sie gerichtet.

Verunsichert öffnete sie den Brief und las ihn vor: „An Sarah Flemiger. Bitte triff mich in der Glasgow Cathedral, heute 11.30 Uhr. Es geht um eine wichtige Familienangelegenheit. Huffington.“

„Ich wusste gar nicht, dass du Familie in Schottland hast“, sagte Dominik.

Verwirrt schüttelte Sarah den Kopf. „Hab ich auch nicht. Ich kenne auch niemanden mit dem Namen Huffington.“

„Dann sollten wir herausfinden, wer sich da einen Scherz erlaubt", schlug Paul vor.

„Unbedingt. Das möchte ich auch wissen", nickte Sarah.

„Ich werde euch begleiten", meinte Emy in ernstem Ton. „Zur Sicherheit."

„Glasgow", murmelte Samuel. „Da wollten wir doch sowieso schon hin, um den People's Palace zu besuchen. Wegen des Crofter-Dokuments, wisst ihr noch?"

„Ja, natürlich. Das hätten wir glatt vergessen."

„Ich werde versuchen, meinen Pilotenfreund wieder zu engagieren, sonst wären wir den halben Tag nur mit Fahren beschäftigt."

Glücklicherweise sagte Emys Bekannter zu. So fuhren sie wieder zum Broadforder Flugplatz, um von dort aus nach Glasgow zu fliegen. Vor Ort organisierte Emy ein Mietauto. Etwas später später betraten sie das altehrwürdige Kirchengebäude – die St. Mungo's Cathedral oder auch Glasgow Cathedral.

„Das ist sie also – eine der letzten beiden schottischen Kathedralen im gotischen Baustil, die nicht zerstört wurden. Sie ist damit eine der ältesten gotischen Kirchen." Sarah war gleich wieder in ihrem Element als Reiseführerin.

Staunend betraten sie das große Gebäude mit der hohen Decke. Durch die vielen Buntglasfenster fiel farbiges Licht in den sonst etwas düster wirkenden Eingangsbereich.

Bei ihrem Rundgang passierten sie die Tür zur Sakristei. Plötzlich hielt Sarah die Arme wie eine Schranke vor ihre Freunde: „Halt! Riecht ihr das? Wieder dieser eigenartige Minzgeruch."

Sofort versteckten sich die Kids mit Emy in den Bänken und hinter den Säulen. Gespannt beobachteten sie die Tür der Sakristei. Sie mussten gar nicht lange warten. Die Tür wurde geöffnet und ein älterer, zerzauster Mann kam heraus. Er schaute sich kurz um und ging dann nach vorn.

Dominik flüsterte: „Ist das etwa ..."

„... der schwarze Mann?" Hailey war sich nicht sicher, ob sie den Erzählungen ihrer neuen Freunde Glauben schenken konnte.

Samuel wägte ab. „Ich weiß nicht. Der Kerl da sieht ziemlich kauzig aus. Zwar hat er weiß-graue Haare und trägt eine dunkle Jacke, aber die schwarzen Männer, mit denen wir es zu tun hatten, wirkten auf mich bedrohlicher und ernster."

Sarah kniff die Augen zusammen. „Der hier wirkt eher traurig. Er läuft, als hätte er eine schwere Last zu tragen."

„Kommt mal mit", zischte Paul. „Ich bin neugierig, was er ..."

Sie folgten dem Mann in sicherem Abstand ins Vorderschiff der Kathedrale. Im Seitenbereich war eine Fotowand aufgebaut, vor der eine ganze Menge Kerzen brannten. Der alte Mann nahm eine Kerze aus dem Vorratsbehälter, zündete sie an und stellte sie vor die Fotowand. Dann holte er ein kleines Foto aus seiner Jackentasche. Er betrachtete es lange. Dann seufzte er tief und heftete es zu den anderen Fotos an die Wand. Schließlich drehte er sich wieder um und ging langsam durch die Kirchenbänke nach hinten.

Irgendetwas hatte Sarah gepackt. Sie flitzte zur Fotowand und bekam einen großen Schreck. „Waaas?", schrie sie auf und riss das Foto von der Wand ab. Völlig aufgebracht rannte sie dem alten Mann hinterher, zerrte ihn am Arm zurück und hielt ihm das Foto vor die Nase. „Was hat das zu bedeuten?", schrie sie ihn aufgeregt an.

„Hey, Sarah. Was ist los?" Paul und die anderen waren ziemlich irritiert. Noch nie hatten sie Sarah so ausrasten sehen.

Wortlos hielt sie ihnen das Foto hin. Es zeigte ein kleines Mädchen auf einem Fahrrad.

„Wer ist das?", fragte Samuel.

„Meine Schwester!", rief sie wütend und wandte sich wieder an den alten Mann, der wie in Schockstarre stehengeblieben war. „Wieso haben Sie ein Foto meiner Schwester?"

Der alte Mann fühlte sich sichtlich unwohl. Langsam setzte er sich in eine der Kirchenbänke und schaute betreten auf den Boden. „I...ich war es“, stotterte er.

„Was waren Sie?“

„Ich ... ich meine ... ich habe deine kleine Schwester ...“ Er konnte es kaum aussprechen. „... angefahren. Vor zweieinhalb Jahren. In Villstein.“

„Siieeee?“ Sarah konnte sich nicht mehr halten. „Sie haben meine Schwester über den Haufen gefahren?“, schrie sie. „Sie haben uns das angetan? Sie Mistkerl!“ Sie ging auf ihn los und schlug wild auf ihn ein. Ihre Wut schien plötzlich keine Grenzen zu haben. Als hätte jemand einen Staudamm geöffnet, ergossen sich ihre Beschimpfungen, ihre Wut und all die jahrelang angestaute Trauer auf einmal über den alten Mann, der schluchzend vor ihr in der Bank hing. Alle Kraft schien ihn verlassen zu haben.

„Sarah, jetzt beruhige dich doch wieder!“ Ihre Freunde hatten Mühe, sie zurückzuhalten.

Der alte Mann ächzte: „Nein, nein. Lasst sie! Es ist ... sie hat vollkommen recht.“ Schluchzend vergrub er sein Gesicht in den Händen.

Samuel versuchte, Ruhe zu bewahren, und sprach den Mann an. „Entschuldigen Sie bitte, wie heißen Sie und woher wussten Sie, dass Sarah in Schottland ist? Ich nehme an, der Brief kam von Ihnen, oder?“

„Und woher kennen Sie uns überhaupt?“, fragte Dominik noch hinterher.

Der Mann schaute auf. In seinem schmerzverzerrten Gesicht war nichts als tiefe Traurigkeit zu erkennen. Er seufzte und holte einen Kaubonbon aus der Innentasche seiner Jacke, steckte ihn in den Mund und kaute einige Male darauf herum. Sofort nahm Sarah den Minzgeruch wahr. „Mein Name ist Walter Huffington. Da ich auf Cardiff Castle arbeite – wir arbeiten an den Stromkabeln –, bekam ich zufällig mit, dass

Besuch aus Deutschland kommen sollte, also wollte ich sehen, wer das sein mochte. So habe ich euch gesehen – und Sarah."

„Verstehe ich das richtig?", fragte Emy nach. „Sie geben zu, dass Sie der Unfallfahrer sind, der Sarahs Schwester mit dem Auto angefahren hat?"

Der Mann nickte.

Samuel wollte wohl sichergehen. „Hm, bitte schildern Sie, was passiert ist."

„Ich, ähm ... ich arbeite für ... eine große Organisation. Vor Jahren war ich in Villstein tätig und musste eine äußerst dringende Botschaft übermitteln. Eines Abends, es hatte geregnet und war schon ziemlich dunkel, fuhr ich die Waldstraße entlang, die von München nach Villstein führt. Viel zu schnell. Ich bog um eine Kurve, und plötzlich sah ich ein Fahrrad auf mich zukommen. Ich riss das Lenkrad herum. Zu spät! Das Auto drehte sich und rutschte mit hohem Tempo auf den Fahrradfahrer zu. Dann ... der Aufprall. Schließlich kam der Wagen zum Stehen. Als ich ausstieg, um nachzusehen, blieb mir fast das Herz stehen. Ich sah ein kleines Mädchen vor mir auf der Straße liegen. Es ... regte sich nicht mehr. Ich dachte, es sei tot ... ich wusste nicht, was ich tun sollte, also fuhr ich schnell weiter und erledigte meinen Auftrag. Doch ich fand keine Ruhe. So forschte ich nach und fand heraus, dass das Mädchen Deborah Flemiger hieß und aus Villstein stammte. Und du, Sarah, du siehst ihr so ähnlich. Das erkannte ich sofort, deshalb schrieb ich den Brief, weil ich mit dir sprechen wollte. Den Unfall meldete ich damals meinem Herrn, also meinem Chef. Er meinte, er würde sich darum kümmern."

„Und wie er das tat!" Sarah fletschte die Zähne, als wollte sie jeden Moment zubeißen. „Das Verfahren wurde eingestellt. Der Verantwortliche – Sie – wurde nie zur Rechenschaft gezogen."

Mit bittenden Augen sah er Sarah an. „Seit dieser Nacht mache ich mir jeden Tag Vorwürfe. Ich verließ Villstein, so schnell es ging. Doch die Alpträume folgten mir. Ich ... es ... tut mir leid, Sarah." Weinend fügte er hinzu: „Bitte, vergib mir!"

„Niemals!", schrie sie und rannte davon.

Die ganze Kathedrale schien den Atem anzuhalten.

Der alte Mann seufzte tief. Langsam stand er schließlich auf und stöhnte: „Ich ... verstehe." Dann verließ er das Gebäude.

Etwas ratlos saßen Emy, Hailey, Samuel und Dominik in den Bänken.

Paul hielt es nicht mehr aus und lief Sarah hinterher. Er ging um die ganze Kathedrale herum, ehe er entdeckte, wie sie über eine Brücke in Richtung Friedhof lief.

Sarah hastete ziellos über den großen Friedhof. Auf beiden Seiten des Weges sah sie nur eines: Tod. Das unausweichliche Ende aller Menschen. „Aber warum musste es Debby sein?", murmelte sie vor sich hin und blieb stehen.

Sie hatte nicht bemerkt, dass Paul sie inzwischen erreicht hatte. Leise antwortete er: „Ich ... weiß auch nicht. So etwas ist manchmal nur schwer zu verstehen."

Sie schreckte auf. Als sie Paul erkannte, senkte sie wieder den Kopf. „Das ist einfach unfair!", schluchzte sie. „Ich hätte bei ihr sein müssen. Hätte auf sie aufpassen sollen."

„Hey, du ..." Paul wollte gerade etwas sagen, doch Sarah unterbrach ihn.

„Ich bin schuld! Ich habe meine Schwester im Stich gelassen!", schrie sie und weinte bitterlich.

Paul nahm sie schnell in den Arm, hielt sie ganz fest und weinte mit.

Sie wussten nicht, wie lange sie dort standen. Es störte sie auch überhaupt nicht, dass es seit Minuten regnete. Die Regenjacken hielten noch dicht. Irgendwann kamen auch die anderen herbei.

Emy lud die Kinder in ein Café ein. Sarah schlürfte ihren Tee und starrte vor sich hin. Selbst Hailey, die sonst immer einen flapsigen Spruch auf Lager hatte, schwieg. Es war wirklich eine bedrückende Situation. Jeder wollte helfen, doch keiner wusste etwas Tröstliches zu sagen.

Samuel versuchte taktvoll zu sein und schlug vor: „Vielleicht sollten wir abbrechen und wieder ..."

„Nein." Sarah schüttelte langsam den Kopf. „Nicht wegen mir. Es ist eh zu spät. Sie ist tot. Es ist sinnlos."

„Aber ..."

Sie winkte ab. „Wenn wir jetzt unsere Suche aufgeben, gibt es vielleicht noch ein Opfer. Und ich hätte es diesmal verhindern können. Auf keinen Fall." Sie richtete sich auf und sagte mit großer Bestimmtheit: „Wir gehen jetzt zum People's Palace und finden Professor Cardiff."

Die anderen wussten noch nicht so recht, was sie davon halten sollten, doch vermieden sie es, mit ihr zu diskutieren. Das würde kein gutes Ende nehmen.

„Von hier aus ist es nicht weit", sagte Emy und führte die Gruppe in südlicher Richtung durch die Stadt.

Vor dem People's Palace befand sich ein aufwendig gestalteter Springbrunnen mit mehreren fein modellierten Figuren. Doch Sarah interessierte sich diesmal nicht dafür und ging stattdessen schnurstracks zum Hauptgebäude. Drinnen erkundigte sie sich nach der Notiz eines Crofters.

Hailey hatte den Eindruck, dass Sarah das alles hier nur noch schnell hinter sich bringen wollte. Sie konnte sie verstehen. Irgendwie.

Einer der Museumsführer begleitete Sarah und ihre Freunde zu einer runden Vitrine. Dann verließ er sie wieder.

Sarah schaute sich einen beschriebenen Stofffetzen an, der unter dem Glas gesichert war. „Emy oder Hailey. Ich fürchte, das müsst ihr uns vorlesen. Sieht ... schottisch aus."

Emy schaute sich den Text an und lächelte. „Da steht sinngemäß: Es ist eine Schande, dass der Earl Vanbrugg in die Flucht geschlagen wurde. Der schottische Adel ist genauso wie der englische Adel – eine Schande."

„Das klingt wie eine Schmährede“, dachte Samuel laut. „Diesmal machen wir aber ein Foto für Markus.“ Gesagt, getan.

„Moment, da steht noch etwas – kleiner geschrieben: Jetzt sind wir wie die Gezeichneten.“

„Die Gezeichneten?“ Dominik zog eine Augenbraue hoch. „Was soll das bedeuten?“

Keiner wusste es, und so verließen sie das Museum wieder und setzten sich draußen auf eine Bank.

Paul griff zum Handy und rief seinen Vater an. „Hey, Paps, wir stehen gerade auf dem Schlauch. Wir haben uns den Zettel des Crofters angeschaut, der mit dem Earl Vanbrugg in Zusammenhang stand.“ Er erzählte ihm von beiden Texten. „Kannst du etwas mit den *Gezeichneten* anfangen? Samuel schickt dir mal ein Foto davon. Moment, ich stell dich auf Lautsprecher.“

Pauls Vater schwieg einen Moment und murmelte irgendetwas. Dann sagte er: „Eines kann ich schon mal mit Bestimmtheit sagen: Der obere und der untere Text wurde jeweils von verschiedenen Menschen geschrieben. Wenn ich mir den Schriftstil anschaue, würde ich den Text, der von den Gezeichneten spricht, nicht älter als siebzig oder achtzig Jahre schätzen. Nehmen wir einmal an, dass dieser Satz vermutlich ein Hinweis sein soll. Lasst uns einmal den Kontext betrachten, in dem der Text geschrieben wurde. Es geht um die Vertreibung der Crofters. Es gab schon einmal den Versuch einer Vertreibung von Menschen in Schottland. Das war viele Jahrhunderte vorher. Es handelte sich damals um den Versuch der Römer, die Pikten zu vertreiben. Man zählt sie zu den Ureinwohnern Schottlands.“

„Und wie hilft uns das weiter?“

„Nun, die Überlieferung besagt, dass die Römer sie *picti* nannten – oder so ähnlich. Das ist Lateinisch für bemalt. Daraus schlossen die Forscher, dass die Römer die schottischen Nordmänner wegen ihrer Tätowierungen so bezeichneten.

Deshalb vielleicht – die Gezeichneten. Das ist allerdings bis heute nicht zweifelsfrei erwiesen. Allerdings gibt es noch eine weitere Theorie, die besagt, dass die Pikten eine Zeichensprache besaßen, von der wir die heute gebräuchlichen Piktogramme ableiten. Zumindest von der Bezeichnung her. Das ist natürlich auch nur eine Theorie. Aber es gibt in verschiedenen Teilen Schottlands sogenannte Piktensteine. Das sind handwerklich aufwändig behauene Steine mit allerlei Informationen und Symbolen, von denen bis zum heutigen Tag noch lange nicht alles entschlüsselt ist."

„Du meinst, der Hinweis auf die Gezeichneten ist ein versteckter Hinweis auf die Pikten?", fragte Paul zurück.

„Genauer gesagt, auf die Piktensteine", antwortete sein Vater.

„Hast du sonst noch eine Idee, Markus?", fragte Samuel.

„Hm, nein. Tut mir leid. Mehr fällt mir gerade nicht ein."

„Danke, Paps", sagte Paul. „Ruh dich gut aus!"

„Mach ich, viel Erfolg noch!"

„Puhhh ...", stöhnte Hailey. „Wenn wir jetzt die Piktensteine alle untersuchen wollen, sind wir die nächsten Wochen gut beschäftigt. Wer weiß, wo die alle stehen."

Emy stand auf und dachte nach. Dann hob sie den Finger und sagte: „Ich hab da eine Idee. Gehen wir!"

Plötzlich hörten sie Sirenen. Zwei Polizeiautos kamen angerast und stoppten mit quietschenden Reifen vor dem Haupteingang des Museums. Anschließend kamen drei Polizisten auf Emy und die Kinder zu und riefen: „Keine Bewegung! Halten Sie Ihre Hände da, wo wir sie sehen können! Sind Sie Donella Emilia Cardiff?"

„*Excuse me*, wie bitte?", fragte Emy irritiert.

„Sind Sie Donella Emilia Cardiff?", wiederholte einer der Polizisten die Frage.

„Ja. Aber ..."

„Sie sind vorläufig festgenommen!", erklärte er barsch.

Hailey war entsetzt. „Wir sind waaas?"

„Muss ich wirklich jeden Satz wiederholen?", fragte der Polizist sichtlich genervt.

Emy wollte das nicht einfach so hinnehmen. „Was sollen wir denn verbrochen haben?"

„Ihnen wird zur Last gelegt, ein wertvolles Artefakt aus dem People's Palace entwendet zu haben."

„Wir sollen etwas gestohlen haben?" Samuel konnte es nicht fassen. „Und wieso sollen wir dann bitte schön so blöd sein und hier auf die Polizei warten?"

Der Polizeibeamte schien nachzudenken. „Das ... weiß ich nicht. Wir haben unsere Befehle. Bitte leisten Sie keinen Widerstand. Wir fahren Sie zur nächsten Polizeidienststelle. Dort klären wir alles Weitere."

Ohne eine Antwort abzuwarten, trieben die Polizisten Emy und die Kinder in ihre Dienstfahrzeuge.

Unter Beobachtung

Kapitel 9

In der Polizeistation mussten sie warten, ohne dass jemand bereit war, ihnen die Gründe dafür zu nennen.

Nach etwa einer Stunde wurden sie plötzlich alle freigelassen. Man habe sich geirrt und bitte um Entschuldigung, hieß es lapidar.

„Eines möchte ich noch wissen." Emy war verärgert. „Wie kamen Sie überhaupt auf die Idee, uns festzunehmen?"

„Wir erhielten einen entsprechenden Hinweis."

„Von wem?"

„Anonym."

„Soll das ein Scherz sein?"

„Mrs. Cardiff, wir müssen jedem Hinweis nachgehen. Wir hatten einen begründeten Verdacht. Das reicht aus."

„Hmpf." Emy wollte gerade noch etwas sagen, doch ihre Tochter zupfte an ihrem Ärmel. „Los, lass uns verschwinden."

Teils wütend, teils ängstlich oder irritiert verließen sie das Polizeigebäude und schauten sich um.

„Was machen wir jetzt?"

Samuel schaute auf seine Uhr und verschränkte dann die Arme. „Wir haben völlig umsonst mehr als eine Stunde Zeit verloren. Ich werde das Gefühl nicht los, dass uns hier jemand ganz bewusst eine Zeit lang aus dem Verkehr ziehen wollte."

Sarah machte große Augen. „Was denn? Glaubst du etwa, man wollte uns behindern?"

„Ist das so abwegig? Wir machen Fortschritte. Wahrscheinlich sind wir der Lösung des Rätsels ganz nah. Warum sonst sollte uns jemand aus dem Weg haben wollen?" Samuel überlegte. „Worüber hatten wir zuletzt gesprochen? Über die Piktensteine.

Vielleicht will jemand verhindern, dass wir uns auf die Suche nach den Piktogrammen machen. Emy, was war deine Idee?"

Emy kratzte sich am Kopf. „Ich wollte mit euch in die King and Grove Art Gallery gehen. Dort gibt es seit vielen Jahren eine Sonderausstellung über die Urgeschichte Schottlands. Einer der Künstler, seinen Namen habe ich leider vergessen, hat es sich zur Aufgabe gemacht, Piktensteine detailliert nachzubilden. Ich dachte nun, wenn wir nach Piktensymbolen suchen ..."

„Super Idee! Dann nichts wie hin."

Auf dem Weg machte Paul ein ernstes Gesicht. „Eine Sache beschäftigt mich. Woher weiß offenbar immer jemand, welchen Schritt wir als nächsten unternehmen wollen?"

Samuel blieb stehen. „Das ist eine gute Frage. Darauf gibt es nur zwei mögliche Antworten." Er flüsterte Emy etwas ins Ohr. Sie schien zu verstehen und nickte. Dann liefen sie weiter. Plötzlich war Emy verschwunden.

„Mom?", fragte Hailey erschrocken.

„Alles okay, Hailey. Einfach weitergehen", flüsterte Samuel und trieb sie leicht an.

Als sie die Art Gallery erreichten, stieß auch Emy wieder zu ihnen.

„Und?", fragte Samuel neugierig.

Emy schüttelte den Kopf. „Nichts. Ich konnte niemanden entdecken, der uns gefolgt wäre. Das lässt nur einen Schluss zu."

„Welch ...", wollte Hailey fragen. Doch ihre Mutter legte den Finger auf ihren Mund.

Jetzt verstand Hailey gar nichts mehr. Samuel zog das neue Handy aus der Jacke und tippte in großen Buchstaben: „Ab sofort nur noch Unsinn reden. Wir werden abgehört."

Spontan musste Hailey laut husten: „Hust, Hust!"

Ihre Mutter blickte sie ernst an. Den Ausdruck in ihren Augen kannte Hailey nur zu gut. Ihre Mutter machte keine Scherze. Die Situation war ernst.

„Na, dann schauen wir uns mal um“, schlug Dominik vor, und so strömten sie auseinander. Als sie sich alle irgendwo verteilt hatten, schickte Emy eine Nachricht an jeden von ihnen, in der sie erklärte, dass wichtige Informationen ab sofort nur noch mit dem verschlüsselten Handy geteilt werden dürften. Jeder sollte nach Piktensteinen suchen und sie fotografieren. Damit das aber nicht so auffiel, sollten auch andere Kunstgegenstände angeschaut und fotografiert werden.

Gesagt, getan. Sie machten sich daran, alle Exponate zu begutachten und scheinbar wahllos zu fotografieren.

Paul wollte die Suche jedoch etwas abkürzen und kam derweil auf eine andere Idee. Gemeinsam mit Sarah suchte er eine der Damen auf, die Erklärungen zu den ausgestellten Stücken gaben, und fragte sie: „Guten Tag, Miss. Können Sie mir sagen, wo die Piktensteine sind?“

„Aber gern, junger Herr.“ Sie führte die beiden eine großzügige Glastreppe hinauf ins Obergeschoss zu einer langen Reihe von Exponaten. „Diese Steine sind im Grunde genommen Skulpturen. Sie wurden von dem Bildhauer Ninian Vanbrugg vermutlich in den 1930er-Jahren erschaffen.“

Sarah horchte auf. „Vanbrugg, sagen Sie?“

„Ja. Wir verfügen jedoch leider über keinerlei Information über ihn, außer diesen Namen, den er überall in seine Skulpturen eingraviert hat.“

Paul seufzte. „Das ist aber schade.“

„Ja, das stimmt. Seine Arbeiten sind wirklich herausragend. Sie bestechen durch ihre Exaktheit. In den letzten Jahren besuchten uns regelmäßig Historiker und bestätigten, dass dies originalgetreue Nachbildungen seien. Bis ins letzte Detail.“

„Demnach war dieser Ninian Vanbrugg ein wirklich begabter Bildhauer“, bemerkte Sarah ehrfürchtig.

„Oh ja, allerdings. Entschuldigt mich bitte. Ich werde gerufen.“ Die nette Dame verließ Sarah und Paul und machte sich wieder auf den Weg zum Eingangsbereich. Auf der Treppe drehte sie sich noch einmal um und rief: „Es ist wirklich erstaunlich! Monatelang interessiert sich niemand für diese Skulpturen. Und heute gleich mehrere Leute innerhalb von zwei Stunden." Dann verschwand sie unten.

Sofort schickte Paul eine Nachricht an alle: „Leute, wir müssen dringend unsere Fotos auswerten. Wir haben erfahren, dass der Bildhauer der Piktensteinskulpturen ein gewisser Ninian Vanbrugg war, über den aber niemand etwas weiß. Außerdem war kurz vor uns schon jemand hier, der sich auch dafür interessiert hat."

Emy schrieb zurück: „Wir begeben uns jetzt direkt zum Haupt-Firmensitz des Unternehmens, für das ich arbeite. Folgt mir nach draußen!"

Nach einem strammen Fußmarsch quer durch die halbe Innenstadt von Glasgow betraten sie ein großes, modernes Bürogebäude. Mit dem Aufzug fuhren sie nach unten.

Emy ging voraus. An der ersten Tür legte sie ihre Handfläche auf einen Handscanner, woraufhin sich die Tür öffnete. Dann tippte sie eine Zahlenkombination auf dem nebenstehenden Tastenfeld ein. Sofort erschienen zwei Sicherheitsleute. Emy, die die beiden kannte, machte ihnen mit Gesten klar, dass sie sich absolut still verhalten mussten, und bat sie darum, sie und die Kinder mit ihren Detektoren zu scannen. Auf einmal piepsten diese Geräte richtig laut – genau dort, wo sich die Knöpfe und Reißverschlüsse befanden. Alle zogen ihre Jacken aus und legten sie auf den Tisch. Emy nahm eine Lupe und untersuchte sie. Einer der Sicherheitsleute reichte ihr eine Pinzette. Nacheinander zog sie winzig kleine Abhörwanzen aus allen sechs Jacken.

„Unglau ..." Hailey platzte fast vor Spannung, doch Samuel hielt ihr sofort den Mund zu.

Emy übergab die Wanzen ihren Leuten, die sie in eine spezielle Box legten. Kaum war die Box verschlossen, sagte Emy:

„So, alles in Ordnung. Oder auch nicht. Wir wurden abgehört. Wer weiß, wie lange schon. Meine Kollegen untersuchen die Geräte jetzt. Vielleicht finden sie heraus, mit wem wir es zu tun haben."

„Das heißt, unsere ganzen Nachforschungen, alle Gespräche sind mitgehört worden?" Sarah war entsetzt.

Emy nickte langsam. „Tut mir leid. Ich fürchte, so ist es."

Paul verschränkte die Arme. „Kein Wunder, dass sie uns ständig einen Schritt voraus sind. So erklärt sich, wie sie uns so gezielt die Polizei auf den Hals hetzen konnten, als wir planten, die Piktensteine zu untersuchen. Ach, wo wir gerade dabei sind. Die nette Dame in der Kunstgalerie hat uns erzählt, dass sich kurz vor uns schon jemand nach den Piktensteinen erkundigt hat. Das fand sie so interessant, weil es wohl sonst monatelang niemanden gibt, der sie besichtigen möchte."

Auf Samuels Mund begann sich ein verschmitztes Grinsen breitzumachen. „Das bedeutet, dass wir dem Rätsel – und damit auch unseren mysteriösen Verfolgern – ganz dicht auf den Fersen sind."

„Das ist ja alles ganz toll!", platzte es auf einmal aus Sarah heraus. „Können wir jetzt trotzdem endlich wieder nach Hause fahren? Ich hab die Nase voll!"

„Ähm ... aber Sarah ..." Dominik wollte gerade nach dem Grund fragen, als sie ihn unterbrach.

„Ich will einfach nicht mehr. Das war heute zu viel für mich, okay?" In diesem Moment wirkte sie wieder total gereizt.

Allerdings schien Emy etwas zu ahnen. „In Ordnung. Ich werde unseren Rückflug organisieren. Ich vermute ohnehin, dass wir hier nichts weiter tun können." Zu ihren Kollegen gewandt sagte sie noch: „Sobald ihr das Ergebnis der Analyse vorliegen habt, kontaktiert mich bitte auf der sicheren Leitung. Es geht um Leben und Tod."

Ihre Kollegen nahmen diese Bitte offenbar sehr ernst. Sofort verschwanden sie hinter einer dicken Stahltür.

Auf dem ganzen Rückweg sprach Sarah kein einziges Wort. Paul begann, sich ernsthaft Sorgen zu machen. Das konnte man an seinem Gesicht ablesen. Doch er schwieg.

Wieder auf Cardiff Castle angekommen verschwand Sarah sofort auf ihr Zimmer. Doch die Ruhe währte nicht lang, denn Paul brachte ihr sein Telefon.

„Was willst du?", grummelte sie.

„Ähm, meine Mom wollte dich gern mal sprechen", erklärte er leise.

„Wieso das denn?" Mit misstrauischem Blick zischte sie: „Warum sollte sie dich anrufen und mich sprechen wollen?"

Paul schaute beschämt zum Boden. „Na ja, also ... weißt du, ich hab mir Sorgen gemacht und ..."

„Ja, ja. Gib schon her." Unsanft riss sie ihm das Telefon aus der Hand und hielt es sich ans Ohr. Doch ehe sie hineinsprach, schaute sie Paul streng an. „Und? Ist noch was?"

„Oh, sorry. Bin schon weg." Schnell verschwand er wieder.

„Ja?", sagte sie. „Hier ist Sarah."

„Hallo, Sarah. Schön, dich zu hören", antwortete Pauls Mutter in gewohnt ruhiger Art. „Ich habe von euren Erlebnissen gehört und wollte einmal nachfragen ..." Anschließend sprachen die beiden lange miteinander. Sogar das Abendessen verpasste Sarah.

Noch am selben Abend erhielt Emy einen beunruhigenden Anruf. Die Kollegen aus ihrer Sicherheitsfirma teilten ihr mit, dass die Wanzen Hightech-Geräte der neuesten Generation seien, die erst letztes Jahr in einem Gemeinschaftsprojekt zwischen einer italienischen und einer israelischen Firma entstanden waren. Den Käufer versuche man noch zu ermitteln.

Kurz darauf trommelte Emy alle zusammen und schrieb eine Nachricht auf dem verschlüsselten Handy: „Leute, die Sache ist ernst. Wir müssen dringend das ganze Haus nach weiteren Wanzen untersuchen. Kommt bitte sofort in mein Büro!"

Dort angekommen drückte sie jedem ein kleines graues Ding mit einem Display in die Hand.

Samuel untersuchte es sofort und drückte auf den einzigen Knopf. Daraufhin war auf dem Display eine kurze Animation zu sehen, die an eine Radaranzeige erinnerte. „Aha, ich glaube, ich weiß wofür das gut ist“, sagte er und hielt es über den Computer, der auf dem Schreibtisch stand. „Da, schaut!“

Alle schauten neugierig auf das Display. Die Anzeige veränderte sich, wenn Samuel das Gerät über den PC hielt und wieder wegnahm.

„Ach so, das ist ein ...“ Hailey wollte es gerade ausplaudern, als alle anderen gleichzeitig „Psst!“ machten.

Bis in die späten Abendstunden hinein durchforsteten sie mit den Scannern das ganze Schloss auf der Suche nach Wanzen.

Sie fanden tatsächlich noch einige: im grünen Salon, in der Garderobe und im Speisesaal. Samuel entdeckte eine am Zugang zum Dachbalkon, Paul fand eine im Atrium, und Emy war entsetzt, dass sogar ihr Büro verwanzt worden war.

„Wir sollten die Dinger alle raushauen“, schlug Hailey vor. Sie war nicht minder verärgert.

Aber Paul hatte eine bessere Idee. Sie trafen sich gemeinsam im Waschraum neben einer lauten Waschmaschine und besprachen seinen Plan.

„Japp, das ist eine super Idee!“, freute sich Hailey diebisch. Sie ging nach oben in die Garderobe und meinte: „Also, bei diesem Wetter sollten wir morgen unsere dicken Jacken anziehen.“

Emy kam zu ihr und sagte: „Du hast recht. Vor allem, wenn wir so lange auf Dunvegan Castle nach den Inschriften suchen wollen. Dort ist es oftmals ziemlich windig.“ Beim Verlassen der Garderobe machte sie sich kurz an einem Holzbalken zu schaffen. „Nach diesem Tag haben wir uns eine verspätete Teatime verdient, was meint ihr?“

Die anderen nickten und so machten sie es sich im grünen Salon bequem. Ein wohlschmeckender heißer Tee war jetzt genau das Richtige. Sie unterhielten sich noch ein wenig über die Erlebnisse des Tages und die Kunstfertigkeit des unbekannten Bildhauers Ninian Vanbrugg.

„Habe ich das richtig verstanden? Ihr sagtet, der Bildhauer hieß Ninian Vanbrugg?", meldete sich Markus zu Wort. Er hatte fast den ganzen Tag geschlafen und war erst vor Kurzem zu den anderen gestoßen. Gegen einen feinen Earl Grey am Abend hatte er aber nichts einzuwenden.

„Ja, die freundliche Dame in der Galerie hat uns erzählt, dass jede der Piktenskulpturen diesen Namen trägt. Daher geht man davon aus, dass dies der Name des Bildhauers ist."

Markus verschränkte die Arme und zwirbelte an seinem Bart. „Wisst ihr, es gab im 5. Jahrhundert einmal einen Ninian von Whithorn. Es heißt, er war der erste christliche Bote oder Missionar bei den Pikten, sogar noch vor Columban. Mir fiel das gerade ein, weil das ja nun wirklich kein typischer Name ist. Dass der Bildhauer der Piktenskulpturen ausgerechnet *Ninian* Vanbrugg hieß, ist doch ein ziemlich großer Zufall. Meint ihr nicht?"

„Das kam mir gleich komisch vor", murmelte Paul.

„Wenn ihr morgen Dunvegan Castle besucht, achtet genau auf die Hinterlassenschaften des heiligen Ninian. Danach müssen wir die Ortschaft Whithorn untersuchen, denn dort soll er seinerzeit gewirkt haben."

„Uaahh", gähnte Samuel. „Bin ich müde. Ich mach mich vom Acker."

„Ja, und ich erst", pflichtete Dominik ihm bei.

Auch die übrigen wünschten sich eine gute Nacht und gingen ins Bett.

Nachdem alle Lichter im Haus gelöscht waren, wurde es ganz still auf Cardiff Castle. Doch es dauerte keine halbe Stunde, bis leise, kratzende Geräusche zu vernehmen waren. Da schlich jemand durchs Haus. Doch so plötzlich, wie er gekommen war, verschwand er auch wieder.

Als es wieder ganz still war, öffnete Emy ihre Tür und stieg die Treppe hinab. Sie hatte den heimlichen Besucher erwartet. Zielsicher steuerte sie die Garderobe an und griff nach einem kleinen Kästchen, das sie zuvor angebracht hatte. Dann ging sie zurück ins Büro und lud die Kinder per Handynachricht ein.

Als alle eingetroffen waren, spielte sie auf ihrem Notebook ein Video ab. Gebannt schauten sie sich den Überwachungsfilm an.

„Das ist ja die Garderobe!", flüsterte Hailey, als sie erkannte, dass sich dort einer der Arbeiter an ihren Mänteln zu schaffen machte. „Was macht der da?"

„Na, dreimal darfst du raten", murmelte Samuel, tippte nur das Wort Wanzen und zeigte es ihr.

Damit war die Falle zugeschnappt. Emy hatte eine Nachtsichtkamera in der Garderobe platziert, um zu schauen, ob jemand neue Wanzen anbringen würde, weil sie absichtlich erwähnt hatten, am nächsten Tag die dicken Jacken anziehen zu wollen. Jetzt war klar, dass die Arbeiter tatsächlich etwas im Schilde führten.

Beunruhigt gingen die Kinder wieder schlafen.

Die Artefaktschmuggler

Kapitel 10

Der nächste Morgen verlief etwas eigenartig. Allen war bewusst, dass sie wichtige Informationen nur noch via Handy teilen durften. Aber gleichzeitig mussten sie sich so natürlich wie möglich verhalten, um keinen Verdacht aufkommen zu lassen. Immerhin sollten die heimlichen Zuhörer nichts davon erfahren, dass Emy, Markus und die Kinder über die Wanzen Bescheid wussten.

Zunächst einmal frühstückten sie ausgiebig.

„Was hältst du davon", sagte Hailey mit vollem Mund zu Sarah, „wenn wir eine Runde mit dem Boot drehen?"

„Ihr habt ein Boot?"

„Ja. Es liegt in Portree vor Anker. Eine kleine, aber feine Motoryacht."

„Na, nun übertreib mal nicht, Hailey", schränkte Emy ein. „Es ist eher ein Motorboot. Aber ja, das könnt ihr gerne machen."

„Weißt du", fuhr Hailey an Sarah gewandt nachdenklich fort, „mich beruhigt das leichte Schaukeln auf dem Wasser immer. Vor allem, wenn man dann einfach übers Meer in die Ferne schauen kann."

„Hm, klingt interessant."

„Schwimmen kannst du aber, ja?"

„Klar. Sogar ziemlich gut, wie ich meine."

Paul schlug vor, dass Dominik und Samuel mit Emy zu Dunvegan Castle fahren sollten. Er und sein Vater würden zurückbleiben, um die gestern gemachten Fotos zu untersuchen.

„Bevor wir losfahren, möchte ich euch noch etwas zeigen", sagte Emy und hatte dabei so ein Grinsen auf den Lippen. Sie führte alle in ihr Büro und nahm ein Objekt aus dem Regal, das ziemlich alt aussah. „Das ist eine antike Klangschwinge, die mein Vater vor vielen Jahren in einem Tempel der Maya gefunden hat. Er erhielt sie einst als Geschenk von dort lebenden Mönchen."

„Wie funktioniert sie?", fragte Dominik neugierig.

„Man schlägt mit dem kleinen Metallklöppel an dieses Metallstück und wartet. Das Besondere daran ist, dass sich die Schwingungen darin verstärken und bis zu einer gewissen Intensität zunehmen."

„Cool, darf ich?"

„Moment, tragt sicherheitshalber die hier." Emy reichte allen Anwesenden Ohrstöpsel. Dann durfte Dominik draufhauen.

Emy hatte nicht zu viel versprochen. Nach dem Schlag auf die Klangschwinge ertönte ein hochfrequenter Ton, der sogar trotz der Ohrstöpsel zu hören war. Ein richtig unangenehmes Fiepen. Dann verwandelten sich die Schwingungen, sodass sie sogar im Körper zu spüren waren. Nachdem sie wieder abgeklungen waren, nahm sie ihren Wanzenscanner und überprüft die Schreibtischlampe. „Na bitte. Das hat doch mal funktioniert. Diese Wanze ist tot. Jetzt könnt ihr wenigstens hier ungestört arbeiten. Wir sehen uns gegen Mittag wieder. Viel Erfolg mit den Fotos."

„Komm Sarah, schnappen wir uns die Fahrräder und fahren nach Portree zur unserer Yacht." Ihre Mutter lächelte und ging mit Samuel und Dominik zum Auto.

„Heute ist es aber ganz schön nebelig", musste Sarah feststellen, während sie im Morgengrauen vom Berg hinabfuhren.

Hailey lachte. „Tja, daran musst du dich hier gewöhnen, das kommt häufiger vor, als einem lieb ist."

Als sie in Portree ankamen, lichtete sich der Nebel allmählich. Sie umfuhren eine kleine Bucht und stellten ihre Räder an einem Parkplatz ab.

„Da drüben ist sie." Hailey ging voraus und zeigte auf ein relativ kleines weißes Boot. „Die *Nighean Fiadhaich*!"

„Was bedeutet das?“, fragte Sarah. „Das klingt schottisch.“

„Gut erkannt. Es bedeutet so viel wie *Wildes Mädchen.*“

Sarah schmunzelte. „Lass mich raten, du durftest dir den Namen aussuchen?“

Hailey lachte und machte die Leinen los. „Wie kommst du denn darauf?“

Sarah bestieg das *Wilde Mädchen* und war erstaunt, dass es sogar eine kleine Kajüte unter Deck gab.

Die beiden Mädchen legten ihre Rettungswesten an, und dann ging es auch schon los.

Gekonnt steuerte Hailey das kleine Boot aus dem Hafenbereich und fuhr um die große Landzunge in die Richtung, aus der sie ursprünglich gekommen waren. „Wir werden mal zu unserem Strand fahren“, erklärte Hailey.

„Ihr habt einen Strand?“

„Na ja, gut. Strand ist vielleicht ein wenig übertrieben, aber zumindest eine verträumte Bucht. Man kann vom Wasser aus in der Ferne das Schloss sehen.“

Hailey hatte nicht übertrieben. Es war wirklich entspannend, so gemütlich durch die Gegend zu schippern. Nach einer Weile verließen sie die große Bucht, Hailey beschleunigte und steuerte auf eine große Bergkette zu. Dann fuhren sie südwärts, während Sarah die majestätischen Berge betrachtete, die sich vor ihnen auftaten.

„Wenn man sich hier so umschaut, kommt man sich ganz klein vor“, murmelte sie. „Ach, da oben kann ich das Schloss erkennen. Sieht ja winzig aus von hier unten.“

Sie fuhren um die Landzunge herum.

„Wow! Von hier unten betrachtet sehen die Klippen, auf denen Cardiff Castle steht, ziemlich steil aus“, meinte Sarah.

„An die hundert Meter, glaube ich. Willst du mal steuern?“

Sarah witzelte: „Du meinst, ich soll das Ruder herumreißen?“

Hailey lächelte. „Deinen Humor scheinst du ja wiedergefunden zu haben.“ Dann trat sie zur Seite, und Sarah übernahm.

Entgegen ihrer Befürchtung war das gar nicht so schwer. „Wo fahren wir jetzt hin?", fragte sie.

Hailey hob die Schultern. „Wohin du willst."

„Alles klar, Matrose. Festhalten!"

Sarah hatte Hailey beobachtet und schnell gelernt, wo der Gashebel war.

Überrascht von Sarahs plötzlichem Eifer musste Hailey sich festhalten, so schnell, wie Sarah die Kurve nahm. Da sie nun die Kapitänin war, beschloss sie, in nördlicher Richtung zu fahren.

„Wir könnten mal zum alten Mann fahren. Was meinst du?", fragte Sarah.

„Du meinst sicher die Felsformation Old Man of Storr, richtig? Bis dorthin brauchen wir etwa eine Stunde. Immer schön die Tankanzeige im Blick behalten, okay? Wir müssen ja auch wieder zurückkommen", mahnte Hailey.

Die Fahrt schien wesentlich länger zu dauern, als Sarah gedacht hatte. Nachdem sie Portree links liegen gelassen hatten, fuhren sie noch etwa eine halbe Stunde. Zeit, um die Ruhe und das leichte Schaukeln auf den Wellen zu genießen. Dann hatten sie ihren Zielort erreicht. Sarah schaltete den Motor ab und lümmelte sich auf die Brüstung des Cockpits. „Hach ... hier ist es schön." Sie genoss es, wie der Meereswind ihre Haare zerzauste und das Boot leicht schaukelte. Eine Weile lang saßen sie einfach so da und schauten aufs Meer hinaus.

„Ich muss dir was gestehen", sagte Sarah leise.

„Ach ja?"

„Als wir ankamen und du ... Paul so ... in Besitz genommen hattest, war ich etwas ärgerlich."

Hailey schien ehrlich verwundert zu sein. „Warum denn das?"

„Na ja, ich ... mag ihn und ..."

Hailey richtete sich auf. „Wie jetzt? Hast du etwa gedacht, ich und Paul ...?"

Sarah nickte unsicher.

Plötzlich musste Hailey laut lachen. „Ach, du meine Güte, nein! Wie alt ist Paul eigentlich?"

„Zwölf."

„Also, nur um das mal klarzustellen: Paul ist'n echt netter Kerl. Ich hatte einfach das Gefühl, dass wir uns auf Anhieb gut verstanden. Er hat mir von seinen Streichen und den verrückten Spezialplänen erzählt, wie er es nannte. Das fand ich total aufregend, weil ich spannende Geschichten einfach liebe. Und na ja, er ist schon taff. Aber mehr ist da nicht."

„Uhh. Da bin ich aber froh." Sarah schien ein Stein vom Herzen zu fallen. „Weißt du, er ist irgendwie der Einzige, der so ein gewisses Feeling für meinen Zustand zu haben scheint."

Auf einmal wurde Hailey ernst. „Du meinst, wegen deiner Schwester?"

Sarah nickte.

„Hm, ja, das verstehe ich. Paul hat einen scharfen Blick fürs große Ganze und gleichzeitig für den Einzelnen. Ich glaube, er ist ein guter Anführer. Demnach seid ihr zwei so etwas wie Herz und Verstand", lächelte sie. „Paul, der Versteher, und Sarah, die Mitfühlende."

„Och ... hm." Sarah wurde ganz warm ums Herz. So hatte sie das noch nicht gesehen.

Auf einmal erreichte eine etwas größere Welle das Boot und ließ es stark schwanken.

„Uhh!", riefen die Mädels gleichzeitig.

Hailey schaute sich um. Der Wind wurde stärker, und der Himmel verdunkelte sich. „Da kommt wohl ein Unwetter auf uns zu. Wir machen lieber schnell, dass wir wieder zurückkommen." Beherzt legte sie den Gashebel um, und das Boot beschleunigte auf maximale Geschwindigkeit.

Der Wind wurde immer stärker, und obwohl es eigentlich erst um die Mittagszeit herum war, sorgten die Wolken dafür, dass man denken konnte, es sei schon wieder Abend. Das kleine Boot schaukelte inzwischen recht kräftig im Wasser, während es von Welle zu Welle hüpfte.

„Deine Rettungsweste sitzt fest, ja?", rief Hailey und musste fast schreien, weil der Wind so einen Lärm verursachte und den einsetzenden Regen auf die beiden niederpeitschte.

Sarah prüfte alles und rüttelte an den Gurten. „Ja, alles fest!", schrie sie zurück.

Im nächsten Moment hüpfte das Boot wieder über eine Welle. Sarah versuchte sich festzuhalten, doch plötzlich erfasste sie eine starke Sturmböe und riss sie von Bord.

„Ahhh!", schrie sie.

Sofort schlug Hailey den Gashebel zurück, fuhr eine enge Kurve und steuerte das Boot vorsichtig zu Sarah, die aufgrund des Wellengangs immer wieder untertauchte. In einem passenden Moment warf Hailey ihr einen Rettungsring zu. Sarah konnte ihn ergreifen und wurde zum Boot gezogen, wo Hailey ihr hineinhalf.

„Meine Güte, du hast mir aber 'nen Schrecken eingejagt", hechelte Hailey und bugsierte Sarah in die Kajüte. „Dort solltest du sicher sein", rief sie und widmete sich wieder ihrer Aufgabe als Kapitänin.

Wenig später ließ der Sturm etwas nach. Zumindest wirkte es so, als sie den Hafen anliefen. Hailey manövrierte das Boot an einen Steg und machte es fest. „So, schauen wir doch mal, was wir noch da unten haben." Sie kam zu Sarah in die kleine Kajüte und suchte trockene Kleidung für ihre Freundin, die vor Kälte und Nässe zitterte.

„Hui, das war aber eine krasse Fahrt", stöhnte Sarah. Aber schon hatte sie ihren Humor zurück. „So stellst du dir also Entspannung vor."

Hailey musste schmunzeln und schaute zum Himmel. Der Regen ließ allmählich nach. „Tja, manchmal kommen die Dinge anders, als man denkt, nicht wahr? Weißt du was? Ich lade dich ein. Es gibt hier ein urgemütliches Fischrestaurant."

Offenbar hatte Sarahs unfreiwilliges Bad sie ziemlich hungrig gemacht. Sie bestellte den größten Fischteller, den es gab, und putzte ihn in Rekordzeit leer. „Rülps!", platzte es spontan aus ihr heraus. „Ups!" Erschrocken legte sie die Hand auf den Mund.

Doch Hailey winkte ab. „Das passiert hier öfters."

Noch während sie mit den Resten ihres schmackhaften Backfisches beschäftigt waren, drang auf einmal ein außergewöhnliches Gespräch zu ihrem Tisch herüber. Um die Ecke saßen zwei Männer, die sich angeregt über ein antikes Artefakt unterhielten. Irgendetwas aus Zypern, worauf der Vatikan scharf sei. Das machte die Mädchen neugierig. Sie beschlossen, den beiden Männern heimlich zu folgen. Sicherheitshalber bezahlten sie gleich, damit sie schnell gehen konnten.

„Sie stehen auf. Los jetzt!" Hailey zupfte an Sarahs Arm.

Die Mädchen folgten den beiden Männern in sicherem Abstand eine Steintreppe hinauf. Dann passierten sie eine verlassene kleine Kirche. Nach ein paar Metern stoppten die Männer mitten auf der Straße, sprachen noch kurz miteinander und verabschiedeten sich. Einer ging nach links, der andere lief rechts weiter.

„Okay, wir müssen uns trennen. Ich verfolge den Kerl, der nach rechts läuft. Du gehst links hinterher, okay?", schlug Hailey vor. Sarah sah noch, wie Hailey hinter einen Mauervorsprung huschte, und nahm dann die Verfolgung des anderen Mannes auf.

„Na, so was", murmelte Sarah. „Jetzt geht er wieder nach unten zum Hafen." Sie näherten sich dem Teil des Hafens, den Sarah bereits kannte. Ganz in der Nähe hatten sie ihr Boot liegen. Aus sicherer Entfernung beobachtete sie, wie der Mann sich Zugang zu einem Holzhaus verschaffte, das halb ins Wasser gebaut worden war. Nachdem der Mann drinnen verschwunden war und minutenlang nicht wieder herauskam, hielt es Sarah vor Neugier nicht mehr aus. Vorsichtig huschte sie von Deckung zu Deckung und näherte sich dem Haus, das sich bei näherer Betrachtung als Bootshaus entpuppte. Leise drückte sie die Türklinke hinunter. Die Tür war nicht verschlossen. Geduckt schlich sie sich hinein und suchte Schutz hinter einer großen Holzkiste. Auf dieser Kiste war etwas zu lesen: *Egyptian Armed Forces* (Ägyptische Streitkräfte). Doch noch ehe sie weiter darüber nachdenken konnte, hörte sie ein Motorengeräusch. Sie blickte sich um und konnte ihren Augen kaum trauen. In diesem Bootshaus schien sich genauso eine Yacht zu befinden, wie sie Tage zuvor eine im Nebel entdeckt hatten, als ihre Fähre den Motorschaden hatte.

Ein Mann und eine Frau standen an Deck der Yacht und unterhielten sich gerade. Die Frau sagte in arrogantem Ton: „Es ist wirklich lächerlich, wie einfach sich die Bewohner dieses Schlosses veralbern lassen. Sie hegen keinen Verdacht, dass wir vor ihrer Nase unsere Schmuggeloperation durchführen."

Der Mann meinte mürrisch: „Ja, ja. Das heißt aber nicht, dass wir jetzt nachlässig werden dürfen. Die Sektion zahlt gut, aber ich will es mir nicht mit ihr verscherzen."

Dann kam der Mann aus dem Restaurant auf die Frau zu und fragte: „Ist mit dem Artefakt alles in Ordnung? War es das, was Sie wollten?"

Die Frau nickte leicht. „Ja. Alles bestens. Die Sektion wird einen guten Preis dafür zahlen. Ich frage mich ernsthaft, ob sie damit endlich mal der Legende dieses komischen Superapostels von Zypern Einhalt gebieten werden. Aber das braucht uns nicht weiter zu kümmern."

Dann gingen sie unter Deck.

Sarahs Ohren wurden immer größer. Sie holte ihr Handy heraus und schoss ein paar Fotos. Plötzlich erschrak sie: „Die Schlange", keuchte sie. Vor Schreck stieß sie an eine Tonne, die neben ihr stand.

„Hm? Ist da jemand?", rief auf einmal ein Mann mit rauer Stimme.

„Oh Mann, was soll ich denn jetzt nur machen?", dachte Sarah angestrengt. Da kam ihr der rettende Gedanke: „Herr Jesus", betete sie, „bitte hilf mir aus dieser brenzligen Situation heraus."

„Hey, vergiss nicht, das Tor wieder zu schließen!", rief der Steuermann vom Schiff, während es auslief.

Der Mann, der nach Sarah suchen wollte, war einen Moment lang abgelenkt. Sarah lugte aus ihrem Versteck hervor und sah, wie sich das große Wassertor hinter dem Schiff wieder schloss. Das war die Gelegenheit! Schnell huschte sie zu der Tür, durch die sie hereingekommen war, und schlüpfte unerkannt hinaus. Dann rannte sie zurück zu den Fahrrädern, so schnell sie konnte.

Hailey wartete bereits auf sie. „Na, da bist du ja endlich. Ich hab mir schon Sorgen gemacht."

„Los! Nichts wie weg hier!", drängelte Sarah, sprang aufs Rad und düste davon.

Als sie die Stadt hinter sich gelassen hatten, holte Hailey auf und fragte Sarah: „Sag mal, was ist denn mit dir los? Du fährst, als hätte dich jemand gestochen."

„In dem Bootshaus, unten am Hafen ..."

„Ja?"

„Da war es wieder. Da hab ich es wieder gesehen!"

„Was denn?"

„Die Yacht. Die mit dem Schlangensymbol."

Hailey schüttelte den Kopf. „Welches Schlangensymbol, welche Yacht?"

Sarah legte eine Vollbremsung hin und keuchte. „Uhh. Sorry. Stimmt, du warst ja gar nicht dabei. Als deine Mutter uns vom Flugzeug abgeholt hat, sind wir mit der Autofähre nach Skye gefahren."

„Ah ja, das Schiff hatte einen Antriebsschaden, oder?"

„Ja und nein. Es wurde sabotiert", erklärte Sarah. „Wir trieben eine ganze Weile steuerlos auf dem Wasser, als Nebel aufzog. Auf einmal wurde eines der Rettungsboote zu Wasser gelassen, und ein Mann ist mitten in den Nebel hineingefahren. Für einen kurzen Augenblick habe ich in den Nebelschwaden eine Yacht gesehen – mit einem Schlangensymbol am Rumpf."

„Und dasselbe Schiff hast du unten im Bootshaus entdeckt?", fragte Hailey ungläubig.

„Jawohl", sagte Sarah mit Bestimmtheit.

„Hm. Interessant. Soweit ich weiß, gehört es einem der reichen Snobs hier auf der Insel. Er betreibt eine Druckerei – oben auf dem Berg –, die ..." Hailey stockte.

„Die?"

„Moment mal. Der Mann, den ich verfolgt habe, ist direkt zu dieser Druckerei gegangen. Aber als ich mich dort umgeschaut habe, konnte ich keine einzige moderne Druckmaschine finden, sondern nur irgendwelches antikes Zeug. Keine Ahnung, wofür diese alten Dinger gut sind. Doch als ich mich weiter umsehen wollte, musste ich mich schnell verstecken, weil der Mann kam."

„Hat er dich gesehen?"

„Nein, ich glaube nicht. Allerdings habe ich Fotos vom Schloss auf einem der Schreibtische liegen sehen."

„Aber wenn er in seiner Druckerei nichts druckt, was macht er dann dort?"

„Das ist die große Frage. Lass uns weiterfahren, mir wird langsam kalt."

Ziemlich abgehetzt erreichten die Mädchen Cardiff Castle und konnten es kaum erwarten, den anderen von ihren Erlebnissen zu erzählen. Auch Emy und die Jungs hatten einiges zu berichten. So trafen sich alle in Emys Büro, dem derzeit einzigen sicheren Raum des Hauses.

Gespannt hörten die anderen den beiden Mädchen zu.

Vor allem Markus machte große Augen. „Mädels, Mädels", murmelte er. „Hailey, ich danke dir für dein schnelles

Eingreifen auf See. Und Gott sei der allergrößte Dank, der euch bewahrt hat."

„Gern geschehen. Ich frage mich immer noch, wofür sie die Fotos von unserem Schloss brauchen", grübelte Hailey.

Samuel fragte nach: „Sarah, du bist dir ganz sicher, dass die Leute auf der Yacht von Sektion13 gesprochen haben?"

„Nein, aber von der Sektion. Die Frau hat etwas von einer Schmuggeloperation direkt vor unserer Nase gesagt."

„Aber hier ist doch nichts los", schüttelte Dominik den Kopf.

„Außerdem haben sich die beiden Männer im Restaurant über antike Artefakte unterhalten", fuhr Sarah fort. „Meiner Meinung nach klingt das schon irgendwie nach Sektion13."

„Wir haben übrigens – quasi ganz nebenbei – herausgefunden", lenkte Dominik jetzt das Gespräch auf das eigene Erlebnis, „dass zwei der Arbeiter, die hier angeblich an den Stromkabeln arbeiten, zu den Bösewichten gehören müssen. Als wir gemerkt haben, dass wir von ihnen verfolgt wurden, hat uns Emy ein Ablenkungsmanöver vorgeschlagen. Das hat uns perfekte Fotos ermöglicht. Hier schaut mal, diese beiden Typen ..."

„Ha! Wusste ich's doch!", platzte es aus Paul heraus. „Mein Bauchgefühl war also richtig. Diesen Kerl fand ich schon am ersten Tag merkwürdig, so wie der uns angeschaut hat."

Hailey klopfte ihm seufzend auf die Schulter. „Jetzt glaub ich dir ja. Vorher kannte ich dich eben noch nicht."

„Schon gut. Aber wo wir gerade dabei sind: Mein Vater und ich waren auch nicht untätig."

„Die Piktensteine", erinnerte sich Samuel.

Markus hatte sich wieder fast vollständig erholt. „Ich bin froh, dass ich endlich wieder mit von der Partie sein kann", lachte er. „Also, die Steinskulpturen sind wirklich bemerkenswert. Wir haben alle verfügbaren Fotos der echten Steine mit denen verglichen, die in der Galerie stehen. Sie gleichen sich wirklich wie ein Ei dem anderen."

„Bis auf einen." Paul übernahm das Gespräch und zeigte auf dem Notebook das Bild einer Steinskulptur. „Diese Skulptur hier weist einen kleinen, aber entscheidenden Unterschied auf. Es war uns erst gar nicht aufgefallen. Die Linienführung, die Symbole – alles scheint recht ähnlich zu sein. Aber dann kam ich auf die Idee, ein wenig mit den Filtern in Photoshop herumzuspielen. Durch Kontrastanhebung, Farbanpassung und Änderung der Tonwerte ..."

„Ich versteh nur Bahnhof", langweilte sich Dominik.

„Okay, lange Rede ... hier ist das Ergebnis." Paul änderte die Bildeinstellungen und zeigte die veränderte Version des Bildes. „Wonach sieht das aus?"

„Ein paar Kringel, einige Linien ...", murmelte Samuel.

Emy legte den Kopf schief und murmelte: „Ist das ... nein, das ist eigentlich unmöglich. Oder doch?"

„Was vermutest du, Emy?", fragte Markus nach.

„Also, mit viel Fantasie könnte das der Grundriss des Schlosses sein. Allerdings ..." Sie begab sich näher an den Bildschirm und vergrößerte einen Bildausschnitt. „... hier, an dieser Stelle scheint etwas zu fehlen."

Paul schob einen Haufen Papiernotizen zur Seite und suchte etwas. „Ah, da bist du ja."

„Ist das nicht das Tagebuch, das wir schon einmal untersucht hatten?", mutmaßte Emy.

Paul nickte. „Erinnerst du dich an den rätselhaften Spruch, dessen Sinn wir als Hinweis auf einen Weinkeller deuteten?" Er blätterte eine bestimmte Seite auf und zeigte sie Emy. „Und hier die Grundrisszeichnung, wo ein Stück abgerissen wurde. Ich habe diese Skizze mal eingescannt. Jetzt schau mal auf den Bildschirm. Wenn man nämlich die Skizze aus dem Buch mit dem Piktenstein zusammenfügt ..."

„Sie passen!", rief Hailey erstaunt aus.

Emy rieb sich die Stirn und dachte nach. „Hm ... also, wenn das der Grundriss des Schlosses ist, dann vermutlich vom

Erdgeschoss. Wenn ich den Grundriss richtig interpretiere, müsste hier", dabei zeigte sie auf eine bestimmte Stelle, „ein Raum sein. Aber da ist nichts, jedenfalls nicht, dass ich wüsste. Da ist nur eine Wand."

„Das lässt sich leicht überprüfen, oder?" Hailey sprang auf und wollte schon auf die Suche gehen.

In diesem Moment klopfte es, und die Köchin wurde hereingebeten. Das Abendessen sei angerichtet, unterrichtete sie Emy. Sofort stürzten Hailey, Samuel und Dominik nach unten.

Paul wollte direkt hinterherflitzen, als Sarah ihn zurückhielt. „Paul, ich muss mich bei dir entschuldigen. In den letzten Tagen war ich etwas ... schwierig. Und obwohl du dir solche Mühe gegeben hast mit mir, war ich so mürrisch. Das tut mir leid."

Paul lächelte Sarah an und sagte verständnisvoll: „Ist schon gut. Ich verstehe es ja ... wenigstens ein bisschen. Ich hoffe, es war okay, dass dich meine Mom – rein zufällig – sprechen wollte."

„Hihi – zufällig, was?" Sarah lachte. „Dieser geplante Zufall war eine gute Idee. Deine Mutter kann wunderbar zuhören. Mit ihr kann man echt cool quatschen. Danke!"

„Jetzt hab ich aber Hunger!", erklärte Paul und bedeutete Sarah, mit nach unten zu kommen.

„Geh schon mal vor, ich komme gleich. Muss noch etwas erledigen." Sie griff nach ihrem Handy, wählte die Nummer des Villsteiner Krankenhauses und ließ sich zu Celine durchstellen.

„Maxwell, ja bitte?"

„Hallo, Celine, hier ist Sarah. Wie geht es dir inzwischen?"

„Oh, Sarah. Schön, dass du anrufst. Das hatte ich gar nicht erwartet, nachdem du so ..."

„Ja, ich weiß. Ich möchte mich bei dir entschuldigen ..."

Nichts ist, wie es scheint

Kapitel 11

Am folgenden Morgen schaufelten die Jungs ihre Frühstücksbrötchen noch hastiger als sonst in sich hinein. „Los! Esst schneller!“, drängten sie die anderen.

Paul griff zum Handy und tippte: „Ich möchte zu gern herausfinden, was es mit diesen Grundrissen auf sich hat.“

Samuel nickte eifrig und tippte die Antwort ebenfalls auf dem Handy. „Jepp, das muss etwas Wichtiges sein, immerhin hat sich der Bildhauer größte Mühe gegeben, diese Grundrisse so unsichtbar zu machen, dass sie keinem auffallen, aber dennoch so sichtbar, dass man sie erkennen kann, wenn man danach sucht.“

„Ein Wunder, dass ihr das überhaupt herausgefunden habt.“ Emy staunte noch immer.

Markus nickte und schlürfte genüsslich seinen Earl Grey.

Paul erklärte: „Das soll jetzt nicht irgendwie doof klingen, aber ... ich glaube, Gott hat mich auf diese Idee gebracht, besser gesagt, daran erinnert. Vor einigen Wochen habe ich eine ganze Reihe Fotos im Computer bearbeitet. Mit Programmen wie Photoshop kannst du echt 'ne Menge anstellen. Man kann Bildinformationen sichtbar machen, die normalerweise gar nicht erkennbar sind.“

„Wobei man in diesem Fall auch ohne Computer hätte arbeiten können“, warf Markus lächelnd ein.

Paul zuckte mit den Schultern. „Mag schon sein, mit dem Computer ging es aber viel einfacher.“

„Ja, das stimmt natürlich.“

In diesem Moment kam die Köchin verwundert herein. „Guten Morgen! Sind heute keine Arbeiter bei uns tätig?“

Emy stand auf und wunderte sich. „Wieso? Eigentlich schon."

„*Well,* sie nicht da. Genau genommen ich habe noch keinen einzigen heute von ihnen gesehen. Ich immer bringen ihnen eine Thermoskanne Kaffee, wissen Sie. Deshalb ich bin gerade irritiert etwas."

Emy, Hailey und die Köchin gingen nach draußen. „Tatsächlich! Wo sind die denn alle?"

Markus kam gerade dazu und grinste. „Ich würde mal vermuten, dass sie gerade ganz Whithorn nach Hinweisen zu Ninian absuchen."

Als sie wieder ins Haus hineingingen, kamen Paul und Samuel bereits mit dem Notebook die Treppe heruntergeflitzt. „So, Emy. Jetzt brauchen wir deine Hilfe. Hier ist der Grundriss von gestern. Wo genau müsste diese Stelle sein?"

„Hier entlang." Sie ging an der großen Haupttreppe vorbei, bog um die Ecke und betrat einen kurzen Flur, an dessen Ende ein großes Bücherregal stand. „Bitte schön."

„Das ist aber eine Sackgasse", stellte Dominik fest.

„So ist es. Deshalb bin ich auch so erstaunt."

Paul drückte Sarah den Laptop in die Hand und begann, die Wände zu untersuchen.

„Sagt mal", kam Samuel dazu, „ist das nicht ein komischer Platz für ein Bücherregal?"

Emy verschränkte die Arme und schaute ratlos drein. „Ich weiß nicht. Keine Ahnung. Das stand schon immer da."

Samuel und Paul begannen, die Bücher zu untersuchen.

„Sagt bloß, ihr sucht nach einem Mechanismus, um eine Geheimtür zu öffnen?", witzelte Hailey.

„Spotte du nur!", grummelte Paul, ließ sich aber nicht weiter ablenken. „Hm, nee. Da ist nichts."

„Helft mir mal!", ächzte Samuel und versuchte, das schwere Regal zu verschieben.

Sarah, die dem ganzen Treiben aus der Entfernung zuschaute, entdeckte plötzlich etwas. „Hey, Leute! Seht ihr das?"

„Was meinst du?"

„Kommt her! Ich glaube, von hier sieht man es besser."

„Tatsächlich! Jetzt, da wir das Regal ein wenig zur Seite geschoben haben, erkennt man nachträglich verputzte Stellen im Mauerwerk."

Emy kramte in ihren Erinnerungen. „Ich wusste gar nicht, dass hier in den letzten Jahren Maurerarbeiten durchgeführt wurden." Neugierig ging sie zur Wand und strich mit dem Finger darüber. „Das ... kann noch gar nicht so lange her sein. Das ist feinkörniger Industriemörtel. Aber wer sollte denn ...?" Kopfschüttelnd stand sie da. Dann sagte sie entschlossen: „Los, weg mit dem Regal!"

Gemeinsam räumten sie das ganze Regal leer und schoben es zur Seite.

„Interessant", murmelte Paul.

Emy eilte davon und kam kurz darauf mit einer Werkzeugkiste zurück. Sie holte einige Hämmer, eine kleine Spitzhacke und einen Meißel heraus. „Na, dann mal los!"

Emy und die Jungs hämmerten an der Wand herum und brachen sie Stein für Stein auf.

„Meine Herren!", rief Emy laut aus. Ihr Erstaunen war durchaus berechtigt.

Als Paul und Samuel in das Loch schauten, trauten sie ihren Augen kaum. Hinter der Mauer befand sich ein Schacht. Und in dem Schacht ein Aufzug.

Voller Eifer rissen sie die ganze Wand ein, sodass der Zugang zum Aufzug komplett freigelegt wurde.

„Das erinnert mich ein wenig an Steampunk", überlegte Paul. „Wo haben wir so einen Stil schon einmal gesehen, Leute?"

Sarah und Dominik schüttelten den Kopf.

„Na, erinnert ihr euch vielleicht noch an das ausgeklügelte Spiegel-Beleuchtungssystem in der Höhle in Villstein?

Samuel dachte nach. „Du meinst, diesen Aufzug hat derselbe Mensch gebaut?" Er schaute sich die Konstruktion genauer an und entdeckte tatsächlich einige Gemeinsamkeiten. „Hm, könnte wirklich sein. Diese ganzen Messingteile hier, die kunstvollen Verschnörkelungen überall. Das wirkt wie aus dem viktorianischen Zeitalter. Wie in Villstein."

Paul hatte sich inzwischen mit der Mechanik vertraut gemacht. „Im Großen und Ganzen sieht er noch ziemlich gut erhalten aus." Er stieg hinein und hüpfte ein paar Mal herum. „Allerdings gibt es einen Haken. Hier fehlen offensichtlich zwei Objekte. Ein Zahnrad und ein Hebel. Die müssen wir finden, sonst können wir den Aufzug nicht in Gang setzen."

„Was denn? Du willst mit diesem alten Ding fahren? Der funktioniert bestimmt nicht mehr." Sarah war alles andere als begeistert.

„Das Gute ist, der Aufzug ist mechanisch. Einen Motor, der kaputt gehen könnte, gibt es hier nicht." Er griff nach einigen Ketten. „Mit diesen Ketten hier kann man den Aufzug bewegen. Daran sind vermutlich Gewichte angebracht. Mit einer Kupplung kann man dann umschalten, für Auf- und Abfahrt."

„Na, dann werden wir mal deine Teile suchen, du Genie", grinste Hailey, schnappte sich Sarah und zog los. Auch die anderen durchstreiften das ganze Haus nach den beiden Objekten. Als sie drinnen nichts fanden, versuchten sie ihr Glück draußen.

Paul fand das Zahnrad als Musterobjekt, eingefügt im Fußabstreicher des Haupteingangs. Mit einiger Mühe konnte er es schließlich herauslösen und baute es sofort ein. Eine ganze Weile später später kamen Hailey und Sarah mit einer Stange angerannt. Markus musste sich inzwischen wieder setzen. „Oh Mann, wieso ist mir auf einmal so schwindlig? Und mein Magen fühlt sich auch wieder so flau an."

„Paps, was ist mit dir?"

„Ich ... ich weiß es nicht. Aber ich habe das dringende Bedürfnis, mich wieder ins Bett zu begeben." Mit bedächtigen Schritten ging Pauls Vater langsam wieder nach oben.

Emy begleitete ihn nach oben und war sichtlich besorgt. „Kinder, ich hege einen gewissen Verdacht bezüglich Markus' Gesundheitszustand. Ich werde nach Portree fahren und einen befreundeten Arzt holen. Ihr bleibt solange hier." Mit diesen Worten verschwand sie auch schon.

Paul setzte sich auf die Treppe und machte nun auch einen besorgten Gesichtsausdruck.

„Hey, das wird schon wieder. Dein Vater ist doch eine Kämpfernatur", sagte Sarah leise und setzte sich neben ihn. „Vielleicht hat er einfach irgendetwas nicht vertragen."

Hailey setzte sich auf die andere Seite und meinte: „Allerdings ist das schon komisch. Er hat das Gleiche gegessen wie wir, und uns ist nicht schlecht. Und irgendwo angesteckt haben kann er sich eigentlich auch nicht, er war ja die ganze Zeit im Bett."

„Kommt jetzt eigentlich einer von euch mit?", rief Samuel aus dem Aufzug.

Paul schaute auf, schien kurz zu überlegen und sprang dann von der Treppe. „Aber klar doch. Sonst verirrst du dich doch im Keller."

„Hey, wartet auf uns!", riefen die Mädels und flitzten auch schon hinterher.

Kaum hatten sie den Aufzug betreten, scherzte Dominik: „Mädels, ihr habt hoffentlich nicht zu viel gefrühstückt. Hier steht: Maximale Traglast: 900 lb. Was bedeutet das eigentlich in Kilogramm?"

Samuel rechnete kurz nach und meinte dann: „Etwas mehr als 400 kg, würde ich grob schätzen."

„Achtung! Ich schließe jetzt das Sicherheitstor, tretet bitte ein Stück zurück", erklärte Paul. Er schob ein kunstvoll verziertes Türstück vor den Eingang und legte einen Haltebolzen um. „Ich löse jetzt die Bremsen. Samuel und ich ziehen an den Ketten. Wenn ich recht habe, dürften wir uns damit nach unten bewegen."

Mit einem Ruck setzte sich der alte Aufzug tatsächlich in Bewegung. Stück für Stück arbeiteten sie sich nach unten.

Sarahs feine Nase nahm einen Geruch wahr, den sie schon einmal gerochen hatte. „Riecht ihr das auch? Das hab ich schon am ersten Tag gerochen, als wir das Haus durchsuchten."

„Riecht ... chemisch", bestätigte Samuel.

„Ich find's einfach nur scheußlich." Hailey hielt sich demonstrativ die Nase zu, als sie unten ankamen.

Paul löste den Haltebolzen und öffnete die Tür. Kaum war er herausgesprungen, hielt er inne. Er hatte etwas gehört. Schnell drehte er sich um und bedeutete den anderen, still zu sein, indem er den Finger auf den Mund legte.

Vorsichtig schlichen die fünf einen schwach beleuchteten Gang entlang.

„Wer hat denn hier Licht angeknipst?", wunderte sich Hailey.

Auf einmal hörten sie Stimmen auf sich zukommen. Schnell versteckten sie sich hinter einem Felsvorsprung.

„Ja, sind das nicht ..."

„... unsere Arbeiter?", flüsterte Hailey. „Was machen die denn hier?"

Samuel fügte hinzu: „Vor allem – wie kommen die hier runter? Die Wand haben wir doch eben erst aufgebrochen!?"

„Also muss es noch einen anderen Zugang geben", zischte Dominik. „Ist doch logisch."

„Achtung! Psst!"

Soeben passierten drei Männer die Felsspalte. Sie schleppten große Kisten den Gang entlang, ohne die neuen Besucher zu bemerken.

Doch kaum waren sie um die Ecke gebogen, huschte Paul hinter der Felsspalte hervor und den Männern hinterher. Sie öffneten eine Stahltür und stiegen im Raum dahinter eine Metalltreppe nach oben. Paul hielt die Tür offen und winkte seine Kameraden herbei. Als alle drin waren, schloss er die Tür leise.

Seine Freunde sahen sich inzwischen um und staunten.

„Menschenskinder!", flüsterte Samuel. „Das scheint eine Art Lager zu sein. Hier befinden sich alle möglichen Artefakte, antike Krüge, Münzen, irgendwelche Büsten ..."

„Was ist das?", fragte Dominik und hielt eine Art Halsschmuck hoch.

Paul mutmaßte: „Das könnte ein Amulett sein. Schade, dass mein Vater nicht hier ist. Er wüsste sicher mehr."

„Das Zeug scheint aus der ganzen Welt zu stammen", sagte Samuel. „Hier sind Kisten aus den USA, aus Indonesien, Malta, Zypern, Ägypten ..."

„Sagtest du Ägypten?", fragte Sarah erstaunt.

„Ja, *Egyptian Armed Forces* steht hier drauf."

Er betrachtete und untersuchte die Kiste genauer. „Das ist eine Militärkiste von der ägyptischen Armee", erklärte er.

„Hm." murmelte Sarah. „Genauso eine Kiste habe ich gestern im Bootshaus in Portree entdeckt."

Samuel rieb sich die Nase. „Dann haben die entweder die Armee beklaut oder sie stecken mit denen unter einer Decke."

„Achtung!", zischte Dominik auf einmal.

Die Männer kamen soeben wieder zurück. Schnell versteckten sich die Kinder hinter den Kisten und blieben bewegungslos dort sitzen. Zwei der Männer blieben stehen und zündeten sich eine Zigarette an.

„Ey, Mann, seit der Chef das Signal zum Abrücken gegeben hat, ist hier nur noch Stress angesagt", grummelte der eine.

„Jo, Mann. Kann ja nicht mal mehr in Ruhe eine rauchen."

In diesem Augenblick kam der dritte zurückgerannt und plärrte ihnen entgegen: „Hey, ihr Idioten! Seid ihr bescheuert, oder was? Ihr wisst genau, dass ihr hier zwischen den ganzen Artefakten nicht rauchen dürft." Ärgerlich riss er ihnen die Glimmstängel aus dem Mund, warf sie zu Boden und zertrat sie. „Schnappt euch lieber die Kisten, und dann raus damit zur Anlegestelle! Ihr wisst doch ganz genau, dass die Zeit drängt."

Anlegestelle?, fragte sich Paul im Stillen. Sie waren doch mitten in einem Berg. Wo sollte es hier eine Anlegestelle geben?

Als die Männer wieder fort waren, schlug Paul vor: „Leute, wir sollten uns aufteilen. In zwei Teams können wir mehr erforschen."

Samuel nickte. „Und falls ein Team erwischt wird, kann das andere Hilfe holen."

Die anderen stimmten zu. Paul nahm Sarah und Hailey mit sich, und Samuel ging mit Dominik in die andere Richtung.

Paul führte die Mädchen die Treppe hinauf, die die Männer zuvor bestiegen hatten. Oben öffnete er eine weitere Stahltür, sah sich kurz um und winkte sie herbei. Zu dritt schlichen sie einen künstlich angelegten Gang entlang, der in den Fels gehauen worden war. Im Abstand von einigen Metern befanden sich auf der einen Seite einige Türen.

Plötzlich blieb Sarah stehen und schnupperte wieder. „Da ist er wieder, dieser komische Geruch." Sie führte Paul und Hailey in einen abzweigenden Gang und blieb vor einer großen Fensterscheibe stehen.

Die drei Detektive drückten sich daran die Nasen platt, als sie erkannten, was dort ablief. Der Raum hinter dieser dicken Glasscheibe schien ein Reinraum zu sein. Da drin arbeiteten zwei Männer in weißen Schutzanzügen an einem Tisch, der verschiedene Pergamente, Papyrusstücke und eine ganze Reihe von kleinen Behältern mit verschiedensten Flüssigkeiten enthielt. Weiter hinter waren Reagenzgläser und Aufbauten zu sehen, wie sie die Kinder aus dem Labor im Kloster von Iona kannten.

„Das sieht aus wie eine Fälscherwerkstatt", hauchte Paul und kratzte sich am Kinn. „Mein Vater hat ähnliches Zeug zu Hause, um die Echtheit von Schriftmaterial zu untersuchen. Wenn die das hier unten machen, dann nur, um unentdeckt zu bleiben."

„Davon machen wir Fotos, los!", schlug Sarah vor.

Hailey lugte um die nächste Ecke, winkte Sarah und Paul zu sich und flüsterte: „Da ist eine Tür. Da muss es noch weitergehen." Vorsichtig schlichen sie hin und versuchten, sie zu öffnen. Ohne Erfolg. Sie war fest verschlossen. Sie schauten sich um. „Da oben ist ein Durchgang im Felsen, dahinter scheint noch ein Raum zu sein. Kommt, versuchen wir's."

Leise huschten sie von Ecke zu Ecke, erklommen die Felswand und erreichten das Loch. Hailey kletterte als Erste hindurch. Doch plötzlich rutschte sie ab und konnte sich nur mit Mühe festhalten. „Aahhh!", schrie sie erschrocken.

„Warte, ich komme!" Paul kletterte hinterher und half ihr wieder hoch.

„Uh, danke."

Inzwischen war auch Sarah hochgeklettert und schaute durch das Loch. Erstaunt rief sie: „Ach, du meine Güte! Was ist denn hier los?"

Die drei Freunde blickten von weit oben in eine riesige unterirdische Höhle, in deren Mitte sich eine lange Anlegestelle befand.

„Das ist ja ... einfach unglaublich! Ist das ein U-Boot?"

„Psst! Macht doch nicht so laut!", schimpfte Paul, konnte sein Erstaunen aber selbst kaum im Zaum halten. Sie hatten hier ganz offensichtlich das Hauptquartier eines Schmugglerrings entdeckt. Unter ihnen flitzten Dutzende von Leuten emsig durch die Gänge und beluden das U-Boot mit allerlei Kisten, Koffern und Kartons.

„Da oben!", schrie plötzlich ein Mann und zeigte zu dem Felsloch, in dem die Kinder steckten.

„Au Backe!", platzte es aus Hailey heraus. „Nichts wie weg hier!"

So schnell sie konnten, kletterten sie zurück und liefen den Gang entlang, den sie hergekommen waren. Auf einmal ertönte eine Alarmsirene.

„Hey, ihr da! Bleibt stehen!", brüllte jemand hinter ihnen.

Doch sie rannten einfach weiter. Schon hatten sie den Gang in Richtung Lagerraum erreicht.

Da stolperte Hailey und fiel hin. „Aah!“ Paul und Sarah stoppten und wollten ihr helfen, doch im selben Augenblick tauchten zwei Männer hinter ihr auf, und sie schrie: „Lauft!“

Paul wollte weiter, doch Sarah kehrte zu Hailey zurück. Sie schrie noch schnell über die Schulter: „Hol Hilfe!“

Im nächsten Moment stürzte ein weiterer Mann aus einem Nebengang auf Paul zu. Damit war der Weg zu den Mädchen abgeschnitten. „Du entkommst mir nicht, mein Kleiner!“, rief er fies grinsend.

„Kleiner? Ich bin nicht klein!“, antwortete Paul wütend und riss eine Tonne um, die neben ihm stand. Mit aller Kraft trat er dagegen, sodass sie dem Mann entgegenrollte. Der konnte nicht mehr ausweichen und wurde von ihr überrollt.

Paul nutzte die Gelegenheit und rannte davon, die Treppe hinunter zurück zum Aufzug.

Sarah kniete sich neben Hailey nieder und half ihr auf. „Hoffentlich schaffen es die anderen“, sagte sie leise. Hailey konnte deutlich die Angst in Sarahs Augen sehen.

„Aufstehen! Aber schnell!“, befahl einer der Männer den Mädchen und trieb sie zurück. Der Mann öffnete eine bisher verschlossene Stahltür mit einem Zahlencode. Durch diesen Zugang erreichten sie die große Haupthöhle. Dort bestiegen sie einen kleinen, offenen Aufzug und fuhren zu einem Plateau empor, das allem Anschein nach die Operationszentrale war. Sarah konnte mehrere Tische mit Dutzenden von Computern ausmachen, von denen einige gerade eingepackt wurden.

Die Mädchen wurden zu einer Gruppe von Männern getrieben, die sich gerade angeregt unterhielt.

„Sir, wir haben zwei von denen erwischt“, sagte einer der Männer. „Der Junge, der noch bei ihnen war, ist uns leider entwischt. Aber weit kann er hier unten nicht kommen. Den finden wir auch noch.“

Ein kräftiger Mann mit rauer Stimme hatte gerade einen Befehl gegeben und sagte dann leise, aber bestimmt: „Ich werde mich nicht wiederholen. Wer den Zeitplan nicht einhält, bleibt hier! Verstanden?"

„Jawohl, Sir."

Dieser Typ schien den Ton anzugeben. Langsam drehte er sich um und beäugte die beiden Mädchen. „Wer seid ihr denn?", fragte er und schaute sie dabei streng an.

„Ähm ... wir ... haben uns ... verlaufen?", versuchte es Hailey.

Die Männer, die herumstanden, brachen in lautes Gelächter aus.

Mit einer Handbewegung brachte ihr Chef sie sofort wieder zum Schweigen. „Zweiter Versuch. Wer seid ihr?"

Sarah wollte gerade etwas sagen, als Hailey sie anstupste und den Kopf schüttelte.

„So so. Ihr wollt nicht reden." An die Wachmänner gewandt fragte er in gewohnt strengem Befehlston: „Habt ihr sie durchsucht?"

„Jawohl, Sir. Das hatten sie bei sich: zwei Handys."

Da piepte das Funkgerät des Chefs. „Sir, was sollen wir jetzt mit dem alten Mann machen?"

„Waas? Opa ist hier?", schrie Hailey, riss sich aus ihrer Umklammerung und wollte das Funkgerät ergreifen.

Doch der große Mann war schneller. Er nahm das Gerät an sich, sodass Hailey ins Leere griff und hinfiel. Sofort wurde sie von dem Mann, der sie die ganze Zeit festgehalten hatte, wieder in Gewahrsam genommen.

Fies grinsend näherte er sich Hailey und betrachtete sie genau. Leise sprach er: „Opa? Hm ... dann musst du die kleine Hailey sein." Er nahm das Funkgerät, drückte die Sprechtaste und sagte: „Ich habe eine Idee: Familienzusammenführung." Er wies mit dem Kopf in eine bestimmte Richtung, und die Männer trieben die beiden Mädchen von der Plattform zurück in den kleinen Aufzug. Dann fuhren sie ganz nach unten und erreichten einen Gang, an dessen Ende sich ein kleiner runder Raum mit zwei Türen befand. Einer der Männer schloss die erste Tür auf und stieß die Mädchen hinein. „Rein da!", befahl er. Hinter ihnen knallte die Gefängnistür wieder zu. Dann war es still.

„*Hust*, ist da jemand?", fragte plötzlich eine schwache Stimme. Ein alter Mann richtete sich ein wenig auf, sodass sein Gesicht im blassen Lichtschein, der durch das Guckloch der Tür hereinfiel, zu erkennen war.

„Opa!", rief Hailey erleichtert und fiel ihm um den Hals. „Wir haben dich überall gesucht."

„Oh, meine liebe Enkelin." Der alte Mann hustete. „Was machst du denn hier unten?" Der Professor war offensichtlich schon sehr schwach. Seine Stimme zitterte, und er atmete schwer.

„Wir sind hier, um dich zu retten."

Der alte Mann versuchte zu lachen. „Gehört das etwa zu deinem Plan?" Damit machte er eine Handbewegung, die ihre Gefängniszelle umfasste.

„Na ja, nicht direkt. Ehrlich gesagt, sie haben uns erwischt."

„Oh. Oh ... dann ist also alles aus", röchelte er. „Wir sind verloren."

Im Gegensatz zu ihrem Opa war Haileys Optimismus ungebrochen, jetzt, wo sie ihren Opa endlich gefunden hatte. „Wir kommen hier ganz bestimmt raus, das verspreche ich dir, Opa!"

„Meinst du? Wen hast du da eigentlich mitgebracht?"

„Das ist meine neue Freundin, Sarah. Sie gehört zur Verstärkung."

„Hallo, Herr Professor. Ich hab schon viel von Ihnen gehört", begrüßte Sarah ihn freundlich.

„Hm ... Du klingst so, als kämst du nicht von hier. Bist du aus Deutschland?"

„Gut erkannt. Genau genommen aus Villstein."

„Hailey sagte ‚wir'. Wer ist denn noch dabei?"

„Meine Freunde Samuel, Dominik und Paul. Ach ja, und natürlich Pauls Vater Markus", erklärte Sarah. „Aber die sind nicht eingesperrt, hoffe ich."

„Uhh ... jetzt überraschst du mich aber ordentlich, junge Dame. Villstein, Markus. Hm ... ich kannte mal einen jungen engagierten Studenten namens Markus. Wie hieß er noch gleich? Steinbach?"

„Genau den meine ich."

Der alte Mann griff sich an den Kopf. „Aber ... wie seid ihr denn hierhergekommen? Ich meine, warum ist er ...?"

„Eins nach dem anderen. Lass mich das mal erklären, Opa." In den nächsten Minuten erzählte Hailey von der Idee ihrer Mutter, Markus um Hilfe zu bitten, und wie er das ganze Rettungsteam mitgebracht hatte. Auch berichtete sie ihrem Opa im Schnelldurchlauf von den Ereignissen der vergangenen Tage.

Das ging so schnell und war so aufregend, dass er heftig nach Luft schnappen musste. „Meine Güte! Da habt ihr ja wirklich alle Hebel in Bewegung gesetzt. Ich weiß gar nicht, wie ich euch dafür danken kann."

„Zunächst einmal dadurch, dass Sie jetzt nicht zusammenbrechen", sagte Sarah besorgt.

„Ist schon in Ordnung. Nach der langen Gefangenschaft habe ich jetzt endlich wieder Hoffnung, hier rauszukommen. Und das verdanke ich euch!"

„Vor allem: Gott!" ergänzte Sarah.

„Ja, selbstverständlich. Ohne ihn hätte ich vermutlich nicht mehr durchgehalten."

„Herr Professor, ich möchte nicht neugierig erscheinen, aber wieso hat man Sie entführt?", fragte Sarah.

„Tja, das ist im Grunde ganz einfach. Da ich seit Jahren die Legende der sieben Testamente erforsche, bin ich vor einigen Wochen auch über Sektion13 gestolpert. Zunächst boten sie mir an, mit ihnen zusammenzuarbeiten. Dieses Angebot erschien mir zu diesem Zeitpunkt als sinnvoll, da sie wichtige Ressourcen bereitstellen konnten, zum Beispiel Männer für Grabungen. Aber mit der Zeit beschlich mich das Gefühl, dass da noch etwas anderes im Busch war. Als sie davon erfuhren, dass ich einem antiken Pergament auf der Spur war, das möglicherweise einen originalen Text aus der Zeit Jesu enthält, nahmen sie an, ich hätte es schon gefunden und würde es vor ihnen geheim halten. Als ich es ihnen nicht übergab – was ich ja nicht konnte –, stellten sie das halbe Schloss auf den Kopf und sperrten mich hier ein. Sie wollten mich erst wieder freilassen, wenn ich ihnen verrate, wo das Pergament versteckt ist."

„Oha", jappste Hailey. „Das erklärt natürlich das Chaos, das wir im Haus vorfanden."

„Aber sagt, wie habt ihr die Höhle gefunden? Man hat mir gesagt, sie sei völlig isoliert. Der einzige Zugang sei unter Wasser. Ich wurde in einem U-Boot hierher gebracht."

„Dieses U-Boot haben wir gesehen. Wir sind über einen Aufzug hergekommen, weißt du?"

„Ein Aufzug?" Der Professor kratzte sich am Bart. „Das verstehe ich nicht. Ich besitze das Schloss nun schon viele Jahre, ein Aufzug wäre mir doch aufgefallen."

Sarah erklärte: „Wir haben Grundrisszeichnungen entdeckt, die uns zu einem kleinen Flur führten. Dort haben wir eine zugemauerte Wand gefunden – und dahinter den Aufzug."

„Aus dem viktorianischen Zeitalter", fügte Hailey an. „Hat Samuel jedenfalls gemeint. Damit sind wir hinuntergefahren und haben die Schmugglerzentrale entdeckt. Durch ein Missgeschick wurden wir leider gefasst."

„Alte Grundrisse", murmelte der Professor nachdenklich. „Die habt ihr nicht zufällig auf Piktensteinen gefunden, oder?"

„Doch, in einer Kunstgalerie in Glasgow", antwortete Hailey. „Sag bloß, du hast die auch schon gesehen."

Der Professor erhob sich mühevoll von seiner Pritsche und ging einige Schritte hin und her. „Wisst ihr, es gibt eine uralte

Legende von einem verschollenen Pergament. Vielleicht habt ihr schon einmal von Mätthaus und Johannes gehört. Ich meine die zwei Jünger, die mit Jesus unterwegs waren. Sie hinterließen uns jeweils ein Evangelium. Die Legende besagt nun, dass noch ein anderer Schreiber mit Matthäus, Johannes und Jesus unterwegs war und seine Reden aufgeschrieben hat. Sozusagen als antike Sicherheitskopie. Damit gäbe es also, neben diesen beiden bekannten Augenzeugen, einen dritten Zeugen."

„Das Pergament des dritten Zeugen", sagte Sarah.

„Ja, genau. Woher wisst ihr davon?" Der alte Mann schien ziemlich erstaunt zu sein.

„Pauls Vater, also Markus, hatte vor, Sie zu informieren. Aber als er Sie anrufen wollte, waren Sie bereits verschwunden. Er wollte Sie gern über unsere Funde informieren."

„Was habt ihr denn gefunden?"

„Kurz gesagt: die ersten zwei Testamente."

Der Professor schnappte nach Luft. „Gleich zwei ...?"

Sarah fuhr fort: „In den Sommerferien haben wir das Buch der Wahrheit gefunden. Einige Wochen später entdeckten wir in einer alten Familiengruft der Vanbruggs das zweite Testament – drei alte Steinstelen, die Markus den ersten drei israelitischen Königen Saul, David und Salomo zuordnete."

Professor Cardiff riss die Augen auf. „Das ist ... das ist ja unglaublich! Das Buch der Wahrheit, die Stelen Israels? Das alles existiert tatsächlich?"

Sarah lächelte. „Ja, so ist es. Das Buch der Wahrheit haben wir übrigens in einer Villsteiner Höhle entdeckt, die einst einem Archivar gehört haben muss."

Völlig überrascht und ein bisschen außer Atem musste sich der alte Mann erst einmal wieder hinsetzen. „Der Orden der Archivare ist also auch kein Mythos."

„Markus glaubt sogar, dass der Orden bis ins mittlere 20. Jahrhundert hinein bestanden haben könnte. Es könnte allerdings gut sein, dass er nur noch aus einer einzigen Person bestand."

„Vanbrugg!", platzte es aus dem Professor heraus.

Sarah nickte. „Ja, das nehmen wir an, belegen können wir das leider nicht. Noch nicht. Übrigens ist Markus der Auffassung, dass Cardiff Castle ein Geheimnis bergen könnte. Es hat möglicherweise etwas mit den Archivaren zu tun."

Jetzt musste sich der Professor eine kleine Träne wegwischen. „Das ist einfach unfassbar. Das wäre eine Bestätigung meiner Vermutung, die inzwischen auf Dutzenden von Indizien beruht. Das Schloss – Cardiff Castle – hat, so glaube ich, dem Letzten der Archivare gehört. Er war hier in der Gegend als Wohltäter bekannt. Soviel ich weiß, wollte er dem Orden wieder zu neuem Leben verhelfen. Aber zum Ende des Zweiten Weltkrieges verschwand er auf einmal von der Bildfläche – und alle Unterlagen, die auf ihn hindeuten könnten, mit ihm."

„Dennoch haben wir seine Spur gefunden, Opa", freute sich Hailey, die ihren Großvater gleich noch einmal drücken musste. „Und dich gleich mit. Weißt du, Markus' Team rund um Sarah, Paul, Dominik und Samuel ist wirklich bemerkenswert, kann ich dir sagen. Sie können um die Ecke denken wie kaum ein anderer. Sie haben ..."

Plötzlich machte sich jemand an der Tür zu schaffen und schloss sie auf. Als Sarah sah, wer da kam, verschlug es ihr den Atem.

Das Pergament

Kapitel 12

„Guten Tag, Herr Professor, die Damen." Der unerwartete Besucher begrüßte sie höflich und stellte ein Tablett mit Essen auf dem Tisch ab.

„Was zum Geier machen Sie denn hier?", rief Sarah erbost, als sie den Mann erkannte. Es war Mr. Huffington, der ihre Schwester angefahren hatte.

„Ich wollte ..."

Sarah brüllte wütend: „Verschwinden Sie!"

Doch Hailey hielt ihr schnell den Mund zu. „Stopp mal! Hör dir doch erst einmal an, was er zu sagen hat."

Unwirsch schlug Sarah Haileys Hand weg und setzte sich grummelig in die Ecke.

„Vielen Dank, Miss."

„Danken Sie mir noch nicht. Vielleicht gefällt uns nicht, was wir hören."

Der Mann warf schnell noch einen Blick nach draußen. Offenbar wollte er sicherstellen, dass die Luft rein war.

„Sie haben mir regelmäßig das Mittagessen gebracht", sagte Professor Cardiff. „Aber nun, da ich sehe, dass es offenbar eine Verbindung zwischen Ihnen und der jungen Dame gibt, möchte ich doch gern wissen, wer Sie sind."

„Entschuldigen Sie, Herr Professor. Mein Name ist Huffington. Walter Huffington. Ich bin – war – viele Jahre Butler im Dienste der Crowleys."

„Crowley?" Schon war Sarah wieder da. „Sagten Sie Crowley? Sie arbeiten aber nicht zufällig für Sektion13, oder?"

Huffington schien überrascht zu sein. „Wie – du kennst die Sektion13?"

„Das kann man wohl sagen."

„Hm ... anscheinend ist es um ihre Geheimhaltung doch nicht mehr so gut bestellt."

„Tja, da staunen Sie, was? Wir wissen sogar noch viel mehr!"

„Oh, na, wenn das so ist. Das ist gut. Das ist sogar sehr gut. Schon seit Jahren bin ich nicht mehr einverstanden mit den Machenschaften und Methoden der Sektion. Seit ... seit dem Unfall. Damals wurde alles vertuscht. Doch ich war schuldig."

„Das sind Sie ganz bestimmt noch immer!", sagte Sarah trotzig.

Huffington nickte traurig. „Ja, das stimmt. Und das werde ich niemals wieder in Ordnung bringen können. Ich bin am Tod deiner Schwester schuld. Es tut mir aufrichtig leid."

„Sie ..." Sarah stockte auf einmal. Die ganze Zeit war sie wütend auf diesen Mann gewesen, der das Leben ihrer Familie zerstört hatte. Bis jetzt. Aber auf einmal verschwand die Wut. Ganz langsam. Es verwunderte sie. Sie konnte sich das nicht erklären.

„Seit langer Zeit suche ich nach einer Möglichkeit, um die Sektion für immer zu verlassen."

„Entschuldigen Sie, wenn ich unterbreche, aber ... soweit ich die Philosophie der Sektion verstanden habe, kann man da nicht so einfach austreten wie aus einem Buchclub", meinte der Professor misstrauisch. „Ich habe es ja selbst erlebt."

„Sie haben vollkommen recht. Aus diesem Grund kam es mir gelegen, dass meine Mutter sehr krank ist und Pflege benötigt. Inzwischen schon seit Jahren, also konnte ich mich mehr und mehr von der Sektion lösen. Denn gegen die Pflege meiner Mutter war seitens der Sektion nichts einzuwenden."

„Und warum sind Sie jetzt hier? Es sieht doch ganz danach aus, als würden Sie mit diesen Typen hier unter einer Decke stecken", mutmaßte Hailey.

„Ja, das ist richtig. Aber auch wieder nicht. Diese Schmugglerbande ist im Auftrag der Sektion13 unterwegs. Mein Plan ist es, den Schmugglerring auffliegen zu lassen und der Sektion auf diese Weise eine herbe Schlappe beizubringen. Quasi als mein Abschiedsgeschenk."

„Hm ..." Der Professor richtete sich auf und musterte Mr. Huffington sehr genau. „Woher sollen wir wissen, dass wir Ihnen trauen können?"

„Ich habe einen Fluchtplan. Ich bin hier, um Sie rauszuholen."

„Nein!" Sarah schüttelte energisch den Kopf. „Das kommt nicht infrage."

„Wie bitte?" Hailey traute ihren Ohren nicht.

Sarah sah Mr. Huffington feindselig an. „Das ist bestimmt wieder eine Falle. Er tut so, als würde er uns helfen wollen, und schwupps! legt er uns wieder rein. Wir bleiben hier – bis wir gerettet werden. Basta! Auf Wiedersehen, Mister."

Sichtlich frustriert verließ Mr. Huffington den Raum und schloss wieder ab.

Drinnen schwiegen alle.

Schließlich brach Sarah das Schweigen: „Kommt es euch denn nicht auch komisch vor, dass ausgerechnet der Mörder meiner Schwester unser Helfer sein sollte?"

„Sarah", begann der Professor behutsam, „glaubst du, dass Menschen sich ändern können?"

„Was soll die Frage?"

„Glaubst du, dass jeder Mensch sich ändern kann?"

„Keine Ahnung. Woher soll ich das wissen?"

„Dann lass es mich anders ausdrücken. Glaubst du, dass jeder Mensch eine zweite Chance verdient hat ..."

Sarah unterbrach ihn: „Die hatte meine Schwester auch nicht."

„... der einen Fehler gemacht hat?", beendete der Professor ungerührt seine Frage.

„Hm?" Sarah schien ob dessen Ruhe und Bestimmtheit etwas verunsichert zu sein. Warum stellte er solche Fragen? Das führte doch zu nichts.

„Weiß nicht. Bin ja nicht Gott", antwortete sie trotzig. Auf eine Diskussion hatte sie jetzt echt keine Lust.

„Du bist also nicht Gott. Warum tust du dann so?", fragte der Professor herausfordernd.

„Wieso?"

„Nun, es ist offensichtlich, dass du Mr. Huffington keine zweite Chance geben willst. Aus deiner Sicht hat er sie nicht verdient, obgleich er dir sein aufrichtiges Bedauern mitgeteilt hat."

„Hmpf."

„Aber vielleicht ist das auch gar nicht das Problem."

„Sondern?"

„Sarah, ich bin schon siebzig Jahre alt. Ich habe schon eine Menge gesehen, habe eine Menge Menschen erlebt, die einen schweren Verlust verarbeiten mussten. Ich selbst ... habe meine liebe Frau vor fünf Jahren verloren. Und das ... schmerzt mich noch heute. Wir waren immerhin dreißig Jahre verheiratet."

Sarah schaute auf und spürte tief in ihrem Herzen, dass der Professor wirklich meinte, was er da sagte. „Oh ..."

„Anfangs hab ich einfach nicht verstanden, was passiert ist. Ich konnte es nicht fassen, dass meine liebe Frau nicht mehr da sein sollte. Irgendwann wurde daraus Wut. Ich weiß nicht mehr, wie viele Menschen ich vor den Kopf gestoßen habe. Manche habe ich seit damals nicht wiedergesehen. Zuweilen geht viel kaputt – in einem selbst und manchmal auch in Beziehungen zu anderen Menschen. Als ich das bemerkt hatte, war manches schon zu spät. Ich bin in eine tiefe Depression gefallen. Alles war sinnlos. Ich wusste nicht einmal mehr, wozu ich noch leben sollte."

„Und wie ...", fragte Sarah zaghaft, „... haben Sie Ihr Tief überwunden?"

„Durch Gottes Gnade, mein Kind. Freunde haben für mich gebetet. Irgendwann konnte ich Gottes Stimme wieder hören. Von diesem Moment an ging es bergauf."

Unruhig lief Sarah hin und her.

„Wenn du es zulässt, hilft Jesus Christus dir, deinen Verlust zu verarbeiten. Deine Schwester ist tot. Das ist tragisch. Aber du und Mr. Huffington – ihr beide lebt."

Sarah blieb stehen und starrte den Professor in der diffusen Dunkelheit an. Nur ein schwacher Lichtschein fiel durch das kleine Guckloch der Tür und erleuchtete den Raum notdürftig. Dennoch war dieser Moment etwas Besonderes.

„Und nun frage ich dich noch einmal: Hat jeder Mensch eine zweite Chance verdient – Mr. Huffington – du selbst?"

Ohne dass Sarah etwas dagegen tun konnte, bahnten sich auf einmal Tränen den Weg in ihre Augen. Im gleichen Moment brach sie innerlich zusammen, sackte zu Boden und weinte hemmungslos.

Hailey legte behutsam ihren Arm um sie und war einfach für sie da.

Plötzlich kribbelte etwas an Haileys linkem Fuß. Jetzt auch an Sarahs.

„Huch!?", riefen sie beide. „Sind hier etwa Mäuse?"

Es kribbelte unentwegt weiter. Nein, eigentlich war es eher ein Vibrieren.

„Ach, Mensch, die Headsets!" Hailey klatschte sich an die Stirn. „Die hatte ich glatt vergessen." Sie zog ihren Schuh aus und steckte sich das kleine Gerät ins Ohr. Sarah tat es ihr gleich. „Hallo?"

„Krschttzzzzrrrrsch."

„Ich verstehe nichts. Das rauscht bloß", sagte Sarah.

„Das dürfte hier unten auch kein Wunder sein. Wir sind von massivem Felsgestein umgeben", erklärte der Professor.

„Aber dann dürften die Headsets doch auch nicht vibrieren, oder? Das tun sie nämlich nur, wenn sie angefunkt werden", wusste Sarah.

„Nun, in diesem Fall muss jemand etwas getan haben, um die Funkverbindung zu verbessern."

„*Krsch* ... hallo ... hier *isssst* Paul. Sarah? Hailey? *Schschsch.*"

„Ja, wir sind hier!", schrie Sarah aufgeregt.

„Ah, na super! *Schschsch. Pppffff.* Wir haben eine verlängerte Funkstrecke aufgebaut mit einer Minidrohne *schttttt ssszzz.* Bei euch alles okay? *Krrrrzzz.*"

„Wir sind in einer Höhle eingesperrt, aber niemand ist verletzt."

Jetzt meldete sich auch Hailey zu Wort: „Und das Beste, wir haben Opa gefunden."

„Halleluja!", hörte sie ihre Mutter im Hintergrund rufen.

„Hier ist wieder Paul. Nur kurz *tztztz* zur Info: Wir haben einen M.R.P. ausgeheckt."

„Was für'n Ding?" Hailey schüttelte den Kopf.

„Mädchen-Rettungs-Plan."

Sarah musste schmunzeln. Das konnte nur von Paul kommen.

„Aber wenn der Professor bei euch ist – umso besser. Dann wird es ein *pfffff* ... M.U.P.R.O.R.P. – Mädchen-und-Professor-Rettungs-Plan. Wir werden ein Ablenkungsmanöver starten und mit *zrrzzrrrzz* zwei Polizeiteams eingreifen. Ihr bleibt am besten, wo ihr seid."

„ACH! Was sollen wir denn sonst machen?", unterbrach Hailey ihn spöttisch.

Doch Paul fuhr ungerührt fort: „Wir können euch anpeilen. Ich melde mich später wieder. Ende und out."

„Paul ...", rief Sarah noch. Doch er war schon weg.

Hailey umarmte ihren Opa und sagte hoffnungsvoll: „Siehst du? Ich hab's doch versprochen. Jetzt wird alles gut."

Sarah atmete tief durch.

Plötzlich erbebte die Höhle. Eine Explosion! Und noch eine. Jetzt waren aufgeregte Schreie zu hören. Jemand erteilte wilde Befehle. Viele Leute schrien laut durcheinander.

„Hier ist die Polizei!", hörte Sarah jemanden rufen.

„Nehmen Sie die Hände hoch!"

„Niemals!", schrie jemand zurück.

Vereinzelt waren Schüsse zu hören. Die Schmuggler wollten sich anscheinend nicht einfach ergeben. Kampfgetümmel entstand, und der Lärm wurde immer stärker.

Plötzlich riss jemand die Gefängnistür auf. Es war Mr. Huffington. „Schnell, kommen Sie!", schrie er, als die nächste Explosion die Höhle erschütterte. Die Druckwelle brachte den Türsturz ins Wanken. Schnell sprang Mr. Huffington darunter und stützte die Tür mit seinem Rücken ab. „Jetzt!", ächzte er. „Ich weiß nicht ... wie lange ... ich das ... halten ... kann."

„Kommt, Kinder, schnell hinaus", drängte der Professor.

Kaum, dass er als Letzter hindurchgeschlüpft war, brach Mr. Huffington zusammen, und über ihm fielen mehrere Gesteinsbrocken herunter.

„Neeeiin!", rief Professor Cardiff entsetzt. „Schnell! Helft mir, wir müssen ihn ausgraben, alleine kommt er da nicht raus."

Hailey machte sich sofort ans Werk. Sarah zögerte. Als der Professor es bemerkte, wusste er sofort den Grund. „Sarah, du musst ihm vergeben!"

Sie holte tief Luft und schluckte einen dicken Kloß hinunter. Dann bückte sie sich und half, die Steine von Mr. Huffington wegzuräumen.

Schließlich hatten sie es geschafft. Mühsam hievten sie ihn hoch und stützten ihn beim Hinausgehen. Als sie die letzte Tür zur großen Höhle erreicht hatten, mussten sie husten. Der ganze Raum war voller Staub. Vereinzelt konnten sie sehen, wie die Eingreiftruppe der Polizei die Schmuggler verhaftete.

„Sarah!", rief auf einmal jemand; es war Paul, der angelaufen kam und sie freudig umarmte. „Mann, bin ich froh, dass du in einem Stück bist."

„Hailey! Dad!" Emy eilte auf ihre Familie zu und drückte die beiden an sich. „Gott sei Dank, ihr seid wohlauf! Dad, wie geht es dir?"

„Ich würde sagen: den Umständen entsprechend ganz gut."

Emy seufzte. „Da bin ich aber froh."

Der Anführer der Eingreiftruppe kam auf sie zu und erkundigte sich nach ihrem Befinden. „Guten Tag, Sir. Ich bin Commander Graham und leite diese Operation. Sind Sie in Ordnung?"

„Ja, danke. Es geht schon. Kümmern Sie sich bitte um Mr. Huffington. Er braucht ärztliche Hilfe."

„In Ordnung." Sofort pfiff der Kommandeur zwei seiner Leute zu sich und wies sie an: „Bringt Mr. Huffington nach oben. Seid vorsichtig, er ist verletzt."

Sarah war noch immer ganz durcheinander. „Commander, was ist eigentlich gerade passiert? Was war das für ein Lärm? Und diese Explosionen?"

„Wir haben eine Rettungsaktion vom Wasser aus gestartet und sind mit einer Truppe Kampftauchern durch den Unterseezugang in die Höhle gelangt. Als wir den Angriff einleiteten, waren die Schmuggler hauptsächlich mit den Kampftauchern beschäftigt, sodass sie nicht bemerkten, wie sich eine zweite Eingreiftruppe im Aufzugsschacht nach unten abseilte. Als wir sie schließlich von beiden Seiten umzingelt hatten, warfen sie mit Granaten nach uns. Das waren die Explosionen, die du gehört hast. Da war es gut, dass ihr in einem der hinteren Räume geschützt gewesen seid." Dann wandte er sich an Paul. „Und nun zu dir, mein Junge."

Sarah, Hailey, Emy und der Professor schauten gespannt auf Paul, der unsicher zum Commander aufblickte.

„Du warst uns wirklich eine große Hilfe. Durch deine detaillierte Beschreibung der Höhle, der Gänge und der Männer, die sich hier befanden, konnten wir den Schmugglerring erfolgreich dingfest machen und große Verluste vermeiden."

Gerade kam auch Samuel auf sie zu. Commander Graham wandte sich an ihn und sagte schmunzelnd: „Ach ja, und deine Idee mit der Drohne als schnurlose Funkstreckenverlängerung muss ich mir unbedingt merken. Klasse Arbeit – von euch beiden!"

Gerade kam ein Kollege des Commanders mit zwei Handys. „Sir, die haben wir auf einem der Tische gefunden. Sie scheinen nicht zur Ausrüstung der Schmuggler zu passen."

„Ha! Das ist auch ganz einfach", warf Hailey ein. „Das sind nämlich unsere."

Commander Graham inspizierte die Geräte und runzelte die Stirn. „Ihr verwendet Militärausrüstung?"

Hailey grinste. „Warum nicht? Die sind ja auch von meiner Mom."

Emy nickte dem Commander zu.

„Können wir sie wiederhaben? Sehen Sie, wenn sie wirklich uns gehören, kennen auch nur wir den Geheimcode, nicht wahr?"

Das leuchtete dem Commander ein, und er händigte sie aus.

„Tada!", rief Hailey aus und präsentierte das entsperrte Handy.

Dann wandte sich Commander Graham direkt an den Professor. „Herr Professor, es wird Sie interessieren, dass sich unter Ihrem Haus das Hauptquartier eines internationalen Artefaktschmugglerrings befand. Durch die Hilfe der Kinder konnten wir die Schmuggler endlich dingfest machen. Wir waren ihnen schon lange auf der Spur, aber erst durch die Durchsuchung einer Druckerei in Portree und der Beschlagnahmung einer Yacht konnten wir endlich handfeste Beweise sicherstellen. Die Druckerei wurde genutzt, um antike Dokumente in handelsüblichen Büchern zu verstecken. Schließlich habt ihr uns auf diese geheime Höhle aufmerksam gemacht. Ihr alle habt wirklich gute Arbeit geleistet." Mit diesen Worten verließ er die Kinder.

„Vielen Dank für Ihren Einsatz, Commander", rief Professor Cardiff ihm noch hinterher.

Paul erzählte ihnen nun, was er in der Zwischenzeit erlebt hatte. „Als du und Hailey gefasst wurdet, kam ich nur knapp davon. Durch den Alarm gewarnt, waren auch Samuel und

Dominik wieder zum Aufzug gekommen, wo sie auf mich warteten. Gemeinsam sind wir schnell wieder nach oben gefahren. Dann haben wir sofort die Polizei angerufen."

Schon im nächsten Moment kam Pauls Vater mit Dominik herbeigeeilt.

„Papa, was machst du denn auf einmal hier? Ich dachte, dir geht es so schlecht?"

Markus lachte erleichtert. „Ach, wer wird sich denn von einer Magenverstimmung gleich aus dem Rennen nehmen lassen, hm?"

„Na ja, ganz so einfach war es ja nun auch wieder nicht, Markus", meinte Emy schmunzelnd. „Du solltest schon die ganze Geschichte erzählen."

„Du hast recht, Emy. Wie ihr wisst, habe ich mich gleich am ersten Tag ziemlich krank gefühlt. Dann wurde es besser, dann wieder schlechter, schließlich schien es bergauf zu gehen. Aber plötzlich hat es mich heute mit einem Mal wieder umgehauen."

„Ja, das war schon sehr merkwürdig", meinte Paul. „Wo du doch fast nie krank wirst."

„Tja, inzwischen wissen wir – dank der begabten Kriminaltechniker und des Arztes, den Emy geholte hatte –, dass ich vergiftet wurde."

„Vergiftet?" Sarah und Hailey rissen die Augen auf. „Bist du denn wieder ...?"

„Ja, ja. Alles gut. Nachdem der Arzt herausgefunden hatte, was das Problem war, konnte er mir mit einem Gegenmittel helfen. Das hat auch schnell angeschlagen. Mir geht's auch schon wieder viel besser. Ich solle mich schonen, meinte er. Aber na ja ..."

„Und wie hat man dich vergiftet?", wollte Paul unbedingt wissen.

„Earl Grey. Der Earl Grey war vergiftet. Jedes Mal, wenn ich ihn getrunken habe, habe ich eine neue Dosis zu mir genommen, die nach einer Weile zu wirken begann."

Hailey schüttelte den Kopf. „Aber woher hätte jemand wissen können, dass ausgerechnet du diesen Tee trinken würdest?"

Samuel verschränkte die Arme. „Ganz einfach. Im ganzen Haus waren doch Wanzen verteilt. Dadurch konnten die Gauner ja alles mit anhören. So erfuhren sie auch von Markus' Vorliebe für diese besondere Sorte Schwarztee."

„Ach ja, die Wanzen. Hatte ich glatt vergessen."

Emy erklärte: „Das ist aber inzwischen kein Problem mehr. Wir haben sie alle entfernt."

Dominik beschäftigte offenbar noch etwas anderes. „Aber wieso hat man gezielt dich vergiftet?"

Markus hob die Schultern. „Ich weiß es nicht. Die einzige Theorie, die ich dazu habe, ist so simpel, dass sie schon wieder abwegig erscheint: Man wollte mich aus dem Verkehr ziehen, damit ich den Professor nicht finde. Euch haben sie allem Anschein nach nicht als Gefahr betrachtet."

Dominik und Samuel plusterten sich auf, verschränkten die Arme und sagten dann stolz: „Tja, das nächste Mal sollte man besser mit uns rechnen."

Die Erwachsenen mussten lachen.

Hailey grinste und gab den beiden einen leichten Klapps auf den Hinterkopf. „Lasst euch das mal nicht zu Kopf steigen."

„Das Pergament!", rief Professor Cardiff plötzlich entsetzt aus. „Das Pergament – ich hoffe, es wurde nicht zerstört. Das könnt ihr noch gar nicht wissen, aber ich nehme an, dass es irgendwo hier unten versteckt ist."

Emy nickte. „Ich erinnere mich. Du erwähntest mal, dass das Schloss ein Geheimnis berge."

„Oben, also im Schloss selbst, konnte ich nichts finden. Deshalb vermute ich es hier unten." Der Professor rappelte sich auf und schaute sich um. Noch immer herrschte emsiges Treiben. Einige der Polizisten sicherten das kleine U-Boot, andere waren damit beschäftigt, die gefangen genommenen Schmuggler abzuführen.

„Der Grundriss!", fiel Paul wieder ein. „Sekunde, ich hatte ihn mir ausgedruckt. Hier ist er."

Alle steckten ihre Köpfe zusammen und betrachteten die grobe, kaum erkennbare Grundrisszeichnung auf dem Papier.

„Sagtest du nicht, du hast ihn sichtbar gemacht?", stichelte Hailey.

„Wenn du wüsstest, wie das vorher aussah", verteidigte Paul sich. „Außerdem glaube ich, dass wir tatsächlich zwei Grundrisse haben, die quasi übereinandergelegt sind. Hier auf dem Ausdruck habe ich das grün und schwarz gekennzeichnet. Der grüne Grundriss entspricht dem Erdgeschoss des Schlosses. Damit fanden wir den Zugang zum Aufzug. Bei unserer Analyse der teils sehr feinen Liniengravuren des Piktensteines, der eigentlich keiner ist, entdeckten wir eine zweite Linienführung. Auf dem Ausdruck ist sie in schwarz gekennzeichnet."

Emy fuhr mit dem Finger durch die gezeichneten Gänge und tippte mit dem Finger auf einen Punkt: „Hm ... dann ist das auf dem schwarzen Grundriss vielleicht diese Höhle hier. In der Mitte sehen wir einen großen Raum. Das könnte die Anlegestelle sein. Aber hier am Rand ist der Grundriss offen. Merkwürdig."

Der Professor setzte seine kleine Brille auf und schaute genauer hin. „Ich hab eine Idee. Kommt! Schauen wir einmal nach." Er führte die Abenteurer quer durch die Höhle. Dabei überquerten sie eine schmale Metallbrücke, die sie direkt über das U-Boot führte. Auf der anderen Seite blieb er stehen und schaute sich um. „Hm ... schaut euch das mal an! Die Erschütterungen, die durch die Explosionen hervorgerufen wurden, haben diese Felswand ein Stück einstürzen lassen. Hier scheint sich ein Gang zu befinden. Den hätte man sonst leicht übersehen können. Kommt! Hier entlang." Sie schlüpften unter einem Felsüberhang hindurch und betraten einen dunklen, etwa zwei Meter hohen Gang. „Hat jemand Licht?"

Markus knipste seine Stirnlampe an und reichte dem Professor eine Taschenlampe.

„Das ist ja interessant", staunte Sarah. „Die Felsspalte hinter uns wirkt natürlich. Man kommt nicht auf die Idee, dass es hier noch weitergehen könnte. Aber dieser Gang wurde eindeutig von Menschenhand erschaffen."

„Gut beobachtet. Ich stimme dir zu", bestätigte Professor Cardiff und ging langsam weiter. „Stopp!" Abrupt blieb er stehen und hob eine Hand. „Nicht bewegen!" Wortlos zeigte er auf die rechte und linke Wand. Sie schien mit durchlöcherten Eisenziegeln gebaut worden zu sein.

„Was ist das?", flüsterte Hailey.

„Das, meine Liebe, ist eine Falle", sagte er leise.

Paul überlegte und murmelte dann: „Hm, interessant. In der Villsteiner Höhle gab es im Zugangsbereich auch eine Falle."

„Ja, nun", vermutete Markus, „ich denke, damit wollten sie ungebetene Gäste fernhalten. Wir müssen herausfinden, wie diese hier funktioniert."

Professor Cardiff leuchtete die Wände und den Boden ab. *„Very interesting.* Auf allen Bodensteinen stehen Buchstaben. In jeder Reihe gibt es fünf Buchstaben."

„Ein Buchstabencode?", vermutete Dominik.

Samuel interessierten die Funktion und Technik mehr als das Umgehen der Falle. Er suchte sich zwei mittelgroße Steine, von denen es nach den Erschütterungen reichlich gab, und stellte sich an die Stelle, an der die Eisenziegel begannen.

„Was hast du vor?" Hailey war das nicht ganz geheuer.

„Ich will dem Prinzip der Falle auf den Grund gehen. Tretet mal alle zurück!" Er ließ den ersten Stein fallen. Nichts. Dann warf er den zweiten ein Stück weiter. Zack!

Sofort zischten Dutzende Pfeile aus den Löchern und verschwanden auf der anderen Seite wieder.

„Au Backe!", hauchte Hailey erschrocken. „Wie sollen wir denn jemals da durchkommen?"

„Vermutlich darf man nur auf spezielle Steine treten, sonst wird die Falle ausgelöst", überlegte Paul.

Samuel nickte und rieb sich nachdenklich das Kinn. „Genau, der erste Stein hat nichts ausgelöst."

Markus verschränkte die Arme und zwirbelte seinen Bart. „Alles deutet darauf hin, dass wir hier eine weitere Höhle der Archivare vor uns haben."

„Demnach suchen wir möglicherweise einen Begriff, der etwas mit dem Orden der Archivare zu tun hat", pflichtete ihm der Professor bei.

„Das wäre denkbar."

Auf einmal kniete sich Sarah auf den Boden. „In der anderen Höhle mussten wir uns hinknien. Vielleicht nützt uns das hier auch etwas."

Der Professor, Emy und Hailey wirkten etwas erstaunt. Doch als Dominik rief: „Ich hab hier was!", knieten auch sie sich hin und schauten in die Richtung, in die Dominik zeigte.

„Dom, was hast du gefunden?", wollte Markus wissen.

„Eine Zahlenkombination. 21:33."

„Mehr steht da nicht?"

„Sorry, nein."

Hailey stutzte. „Hier hat sich ein Luke verewigt. Fehlt nur noch das übliche ‚Ich war hier'."

„Moment mal ... *Luke 21:33*." Markus stand wieder auf. „Wisst ihr, wonach das klingt?"

„Nach einer Bibelstelle", erkannte Samuel.

„Richtig. Das englische *Luke* bedeutet auf Deutsch Lukas. Also haben wir die Bibelstelle Lukas 21, Vers 33."

„Und was steht dort?", wollte Emy nun unbedingt wissen.

„Da sagt Jesus zu seinen Jüngern: ‚Meine Worte werden nicht vergehen'", wusste der Professor. „Allerdings dürfte des Rätsels Lösung nicht auf Deutsch geschrieben worden sein. Wie lautet der erste Buchstabe, Samuel? Also der, bei dessen Berührung die Falle nicht ausgelöst hat."

„Einen Moment", sagte Samuel. „Der erste Stein liegt noch, aber ich probiere sicherheitshalber auch die anderen Steine der ersten Reihe noch aus." Er holte sich noch ein paar Steine und warf sie auf die übrigen Buchstaben der ersten Reihe. Dann stellte er fest: „Also in der ersten Reihe gibt es nur einen Buchstaben, der die Falle nicht auslöst – das A."

„Hm ... vielleicht auf Schottisch, nein. Kein A. Englisch? *My words* ... nein."

Dominik grinste. „Versucht's doch mal mit Lateinisch, das scheint ja bei den Archivaren Mode gewesen zu sein."

„Gute Idee." Markus nickte und murmelte: *„Verba mea in aeternum* ..." Plötzlich rief er laut aus: *„Aeternum!* Das muss es sein!"

Professor Cardiff rückte die Brille zurecht: „Das lateinische Wort für Ewigkeit? Wie philosophisch." Schon betrat er mutig den ersten Stein. Nichts geschah.

„Opa!", rief Hailey erschrocken.

„Seien Sie bitte vorsichtig!" Markus hatte Sorge, dass der alte Mann noch nicht wieder fit genug dafür sein könnte. Aber gleichzeitig spürte er, dass es nutzlos gewesen wäre, ihn davon abhalten zu wollen.

Stein für Stein – Buchstabe für Buchstabe – balancierte der Professor über die in Stein gemeißelte Ewigkeit. „Und zum Schluss das M", murmelte er und trat darauf. „Juhu! Ich bin drüben!", jubelte er und schaute sich um. „Ah, da bist du ja." Er griff nach einem Metallhebel und zog kräftig daran. Mit einem lauten Knall fielen Metallplatten vor die Löcher und verschlossen sie damit. „So, jetzt solltet ihr den Gang gefahrlos durchqueren können."

Sarah traute sich als Erste. Zaghaft setzte sie den Fuß auf den ersten Stein. Als nichts geschah, huschte sie schnell zum Professor. Schließlich folgten ihr die anderen im Gänsemarsch durch den schmalen Gang. Sie bogen um die Ecke und erreichten eine große, reich verzierte Holztür mit zwei Flügeln, über der ein Steinrelief mit einem Spruch angebracht worden war.

„Verbum est veritas", las Samuel vor. „Das kennen wir doch. Das Wort ist Wahrheit – oder so ähnlich."

Markus nickte und legte die Hand auf den einen Türknauf und winkte den Professor zu sich. „Darf ich bitten?"

Das ließ er sich nicht zweimal sagen und legte seine Hand auf den anderen Türknauf.

Gemeinsam drückten sie die beiden knarrenden Türflügel auf, bis sie einrasteten. Dabei war ein kleines Klicken zu hören. Dann war es still. Auf einmal war ein anschwellendes Summen zu hören. Dann ging eine alte Messinglampe nahe der Eingangstür an. Schließlich wurde noch eine Lampe erhellt, dann noch eine und noch eine. Nach und nach wurde der ganze Raum durch Dutzende von Lampen beleuchtet.

„Das klingt so, als sei ein alter Generator angesprungen, der die Lampen mit Strom versorgt", vermutete Samuel.

Staunend betrat der alte Professor eine große Höhle, die links und rechts mit großen Bücherregalen versehen war. In der Mitte befand sich ein großer, runder Tisch, ringsum standen zwölf Stühle. „Ich fass es nicht!" Voller Ehrfurcht sank er auf die Knie, Tränen rannen über seine Wangen.

Markus war nicht weniger beeindruckt. „Das muss das sagenumwobene Hauptquartier der Highlander sein." Aufgeregt eilte er zu den Stühlen. „Dann müsste auf einem dieser Stühle der Name ... HENRI EMMANUEL ... auftauchen." Völlig baff glitt Markus auf eben diesen Stuhl.

„Wer ist dieser Henri Emmanuel?", fragte Hailey.

Markus tippte mit dem Finger auf den Tisch und erklärte: „Der Franzose Monsieur Henri Emmanuel war ein relativ bekannter Archäologe. Manch einer würde ihn vielleicht auch Abenteurer nennen."

„Ach, wie Indiana Jones?"

Markus schmunzelte. „Fast. Monsieur Emmanuel suchte ausschließlich nach biblischen Artefakten. In dieser Funktion soll er ein Mitglied des Ordens der Archivare gewesen sein."

„Du meinst aber nicht zufällig den Henri Emmanuel, den wir auf dem Foto im Villsteiner Rathaus entdeckt hatten!?", fragte Dominik interessiert.

„Genau den."

„Das ist ja spannend."

„Und hier saß ein ... Vanbrugg!", rief Samuel erstaunt.

„Hier befinden sich noch allerlei andere Namen", stellte Emy fest.

Markus hob die Hand. „Einige der Sitzplätze bestehen aber vermutlich nur zu Ehren ehemaliger Mitglieder. Denn so viel ich weiß, gab es kaum noch Archivare."

Paul freute sich mit ihnen. Da kam ihm ein Gedanke. „Paps, du sagtest etwas von Highlandern. War der Highlander nicht ein Schwertkämpfer?"

Markus lachte. „Du darfst nicht alles glauben, was du im Fernsehen siehst. Highlander nannte man früher die Menschen, die im schottischen Hochland – den Highlands – lebten. Aber innerhalb des Ordens der Archivare gab es eine Gruppe – die Highlander –, die irgendwo in Schottland ihren geheimen Treffpunkt hatten. Bis vor wenigen Monaten wusste ich ja noch nicht einmal, ob die Legende der sieben Testamente überhaupt wahr ist. Und jetzt haben wir schon zwei Testamente und den Treffpunkt dieser wichtigen und mutigen Männer gefunden."

„Sorry, wenn ich blöd nachfrage." Hailey setzte sich dazu und stützte den Kopf auf die Hände. „Ich fürchte, ich hab das alles noch nicht so ganz kapiert. Was hat es mit dieser Legende der sieben Testamente auf sich, und was ist an dem Orden und den Archivaren so besonders?"

Markus rückte zu ihr auf und erzählte in kompakter Form von einer Entdeckung, die die ganze Welt verändern könnte. „Hast du dich jemals gefragt: Was wäre, wenn die Bibel wahr ist? Wenn der Gott der Bibel wirklich existiert? Wenn er tatsächlich – im ganz normalen Alltag – erlebbar wäre? Überall lernt man heutzutage nur, dass die Bibel erfunden ist und es keine Beweise für ihre Glaubwürdigkeit gibt. Jedoch stimmt das überhaupt nicht. Sogar die Wissenschaft – allen voran die Geschichtswissenschaft und die Archäologie – kann inzwischen beweisen, dass mehrere der biblischen Geschichten zutreffen oder zumindest extrem wahrscheinlich sind. Wenn man das weiterdenkt, kommt man früher oder später zu der Frage ..."

„Müsste der Gott der Bibel dann nicht auch existieren!?", murmelte sie.

Markus fuhr fort. „Schon seit Anbeginn der Zeit haben es sich die Menschen immer wieder zur Aufgabe gemacht, der Nachwelt wichtige Informationen zu erhalten. Einige Jahre nach Jesu Kreuzigung und Auferstehung trafen sich Menschen, um seine Lehre – seine gute Botschaft – zu bewahren. Sie sammelten Originalschriftstücke, Artefakte. Dinge, die uns heute beweisen würden, dass alles stimmt, was in der Bibel steht. So gründete sich vor fast zweitausend Jahren einer der ältesten Orden der Geschichte der Menschheit – der Orden der Archivare."

Inzwischen hatte sich Professor Cardiff dazugesellt. „Mein lieber Markus, mir scheint, wir beide haben nach derselben Legende geforscht und wussten es nicht einmal." Jetzt wandte er sich an Hailey und führte Markus' Gedanken fort. „Du kannst dir sicher vorstellen, dass die Idee, die diese ersten Archivare damals hatten, nicht bei allen Menschen auf Gegenliebe stieß. Es wurde sogar so schlimm, dass ein Attentat geplant wurde. Da die Archivare jedoch bei vielen Menschen beliebt waren, wurden sie gewarnt."

„Wie Vanbrugg damals", erinnerte sich Dominik. „Wie sagte unser Lehrer erst kürzlich? Die Geschichte wiederholt sich."

„Diese Warnung nahmen sie damals natürlich sehr ernst. Daher beschlossen sie, sechs besonders vertrauenswürdige Männer loszuschicken. Jeder von ihnen erhielt ein besonderes Objekt – ein Testament. Das sollten sie so weit wie möglich wegbringen und für die Nachwelt beschützen. Man war sich sicher, wenn die Zeit gekommen sei, würde man die Testamente finden."

Emy hatte aufmerksam zugehört. „Habt ihr nicht von der Legende der *sieben* Testamente gesprochen? Wieso wurden nur sechs Männer losgeschickt?"

„Tja ... das weiß ich nicht. Alle Hinweise, die ich bisher fand, sprechen zwar von sieben Testamenten, jedoch nur von sechs Kurieren. Ich denke ...", dabei schaute er zu Markus, „... gemeinsam werden wir das noch herausfinden."

Sarah, die sich inzwischen umgesehen hatte, stand vor einer Geröllhalde. „Ach, das ist aber schade!", sagte sie.

Neugierig kamen die anderen herbei. „Oh Mann. Da ist ja ganz schon was runtergekommen."

„Das dürften die Erschütterungen durch die Explosionen gewesen sein", mutmaßte Markus, der die eingestürzte Wand untersuchte. „Interessant ist aber, dass hier nur das eingestürzt ist, was aus Ziegeln bestand. Die Höhle selbst scheint noch vollkommen intakt zu sein."

Samuel zog eine der verschütteten Flaschen unter dem Geröll hervor. „Merlot 1930. Leider ist sie kaputt."

„Merlot?" Jetzt war Emys Aufmerksamkeit geweckt. „Das ist eine ziemlich beliebte Rotweinsorte. Zeig mal, bitte." Sie bückte sich und wühlte weiter. Da fand sich eine weitere kaputte Flasche, auf der etwas von Bordeaux 1915 zu lesen war. „Das ist ja wirklich ein Jammer, dass die Flaschen alle zerstört wurden. Also gab es diesen legendären Weinkeller tatsächlich. Hier liegen – oder besser gesagt lagen – Weine aus den Jahren 1910 bis 1940."

Markus nahm behutsam eine der Flaschen aus dem Regal und murmelte bei sich: „Jetzt verstehe ich den Spruch aus dem Tagebuch. Weder Stufen nach oben noch nach unten. Das meint den Aufzug. Das Gewächs der Trauben in Kana soll munden. Damit ist wirklich der herausragend gute Wein gemeint." Etwas lauter rief er nach Emy: „Emy, kommst du mal? Hier gibt es noch ein Regal, das nicht kaputt ist – mit unzerstörten Flaschen."

Inzwischen machte sich Dominik an einer alten Truhe zu schaffen, konnte sie aber kein Stück bewegen. „Ich brauch euch mal. Ich hab hier was gefunden. Eine alte Truhe, die mich doch stark an jene aus der Villsteiner Höhle erinnert."

Markus, Samuel und Paul sahen, wie Dominik sich abmühte, und zogen mit ihm gemeinsam eine große, antike Truhe aus dem Geröllhaufen.

Dominik pustete einmal kräftig über den Staub und musste ordentlich husten.

„Was da wohl drin sein mag?", überlegte er. „Och nee, die ist verschlossen."

Markus bückte sich und stutzte. „Oh, ich fürchte, dieses Schloss kann ich nicht einfach knacken. Das sieht ... anders aus. Das Schlüsselloch ist dreieckig. Seltsam."

Samuel kam dazu und warf einen prüfenden Blick auf das Schloss. Auf einmal umspielte ein Grinsen seine Lippen. Er kramte in seinen Hosentaschen und holte etwas heraus. Dann hielt er Markus den Schlüssel aus dem Taufstein unter die Nase. „Versuch's mal damit."

Markus steckte den Schlüssel in das dreieckige Schlüsselloch. Er passte. Er drehte ihn. *Klack, klack, klack.* Man konnte hören, wie im Innern mehrere Riegel gelöst wurden. „Jetzt bin ich aber gespannt", murmelte er und hob den Deckel an. Unter lautem Krächzen gab er schließlich nach.

„Das Pergament!", schrie Dominik ganz aufgeregt.

Das Innere der alten Truhe erinnerte an die Truhe, die die Kids in Villstein fanden. Alles war ganz fein mit Samt ausgekleidet. Auf einem kleinen Sockel befand sich ein flacher Glaskasten mit einem Metallrahmen. Rings um den Kasten waren Dutzende von gepolsterten Champagnerflaschen aufgeschichtet.

„Das ist ja eine merkwürdige Lagermethode", wunderte sich Hailey lachend. „Sollen wir damit gleich anstoßen und feiern?"

„Vielleicht hat da einfach jemand alles Wertvolle zusammen aufbewahrt", murmelte Markus und hob den schmalen, flachen Glaskasten mit dem Pergament heraus. Der Kasten enthielt mehrere übereinander liegende Pergamentstücke. „Wenn wir Glück haben, ist dieser Glaskasten luftdicht abgeschlossen." Er hielt ihn ganz dich vor die Augen und schluckte.

„Das sieht seltsam aus", meinte Sarah, die auch einen Blick auf die Schrift warf.

„Das ist ... Altgriechisch. Moment, das Oberste kann man lesen. Ich übersetze mal: *Selig sind, die da geistlich arm sind, denn ihrer ist das Himmelreich. Selig sind, die da Leid tragen, denn sie sollen getröstet werden.* Das gibt's ja nicht", flüsterte Markus.

„Das klingt nach der Bergpredigt. Sind das nicht die Seligpreisungen, aus Matthäus 5?", überlegte Samuel.

Stumm nickte Markus und drehte das Glaskästchen, um es von allen Seiten zu betrachten. „Ich muss damit unbedingt ins Labor. Wenn sich das als authentisch herausstellt, könnte dies einer der ältesten überlieferten Originaltexte einer Passage des Neuen Testamentes sein. Es scheint Wort für Wort zu passen."

Der Professor stand mit offenem Mund daneben. „Was steht denn da unten noch? *Wie meine Brüder Mattäus und Johannes bezeuge ich die Wahrheit dieser Wort unseres Herrn.* Das ist ... das ist das dritte Zeugnis. Unfassbar. Wenn das authentisch ist, wäre das einfach phänomenal. Dieses Pergament wäre demnach mindestens genauso bedeutsam wie die Schriftrollen von Qumran."

„Ein weiterer Beweis für die Echtheit der Bibel", fasste Sarah fröhlich zusammen.

Gemeinsam machten sie sich wieder auf den Rückweg und bestiegen den Aufzug nach oben.

„Was hast du dir denn da mitgenommen, Mom?", fragte Hailey ihre Mutter.

Sie lächelte und musterte die Flasche in ihrer Hand: „Och, na ja, mich würde einfach mal interessieren, ob dieser Champagner hier wirklich ein Veuve Clicquot von 1912 ist, wie es auf dem Etikett steht. Wenn das stimmt ... tja, das wäre ... einfach irre."

„Ist so ein alter Schampus wertvoll?", fragte Dominik völlig ahnungslos.

„Lass es mich mal so ausdrücken. Wenn der Inhalt der Flaschen die Zeit unbeschadet überstanden hat, entsprechen drei Flaschen etwa dem Wert eines ganzen Arbeitslebens."

Da bekam Dominik große Augen. „Ach, du meine Güte!"

Als sie mit dem Aufzug oben ankamen, wartete Bridget bereits ungeduldig. Kaum hatten sie alle den Aufzug verlassen, rannte sie auf den völlig verdutzen Professor zu, fiel ihm um den Hals und rief: „Mein lieber Jeremiah, ich bin so froh, dass du wieder da bist! Ich ... ich ..." Weinend vergrub sie ihr Gesicht an seiner Schulter.

Die Kinder sahen sich verwundert an, und Sarah lächelte vielsagend, ohne Bridgets Geheimnis preiszugeben.

Den Rest dieses ereignisreichen Samstages verbrachten sie gemeinsam im grünen Salon – diesmal ganz ohne Earl Grey, stattdessen mit Kaffee, heißer Schokolade und einem großen Berg frisch gebackener Brownies.

„Meine Güte", brabbelte Dominik mit vollem Mund. „Diese Brownies sind echt der Hammer."

„Mich beschäftigt noch eine Sache", sagte Sarah nachdenklich. „Wir haben ja eine ganze Reihe Spuren verfolgt. Aber von wem stammen sie alle? Wer hat zum Beispiel den Globus angemalt?"

„Das kann ich aufklären", meldete sich der Professor zu Wort. „Schon bevor ich entführt wurde, fühlte ich mich beobachtet. Insofern wollte ich vorsorgen, falls sich meine Vermutung bestätigen würde. Also bastelte ich in aller Eile das kleine

Holzkästchen, das unter dem Schreibtisch steckte. Den Hinweis auf den Globus legte ich dort hinein. Da ich kürzlich auf der Insel Iona war und dort die Chronik untersuchen konnte, war mir klar, dass jemand, der mich suchen würde, ebenfalls dort ansetzen musste. Denn ich fand in der Chronik einen Hinweis, der mich wieder zurück nach Skye führte. Doch ehe ich diesem Hinweis nachgehen konnte, wurde ich entführt."

„Also stammen alle weiteren Spuren von jemand anderem", stellte Sarah fest.

Paul erklärte: „Ich würde mal vermuten, dass sich der letzte Lebende der Vanbruggs die Mühe gemacht hat. Er dürfte der Bildhauer gewesen sein, der die Piktensteine gestaltet und die Tagebücher geführt hat."

„Demnach könnte er auch der Konstrukteur des Aufzugs gewesen sein", überlegte Samuel.

„Aber wenn das stimmt", warf Markus ein, „müsste jener Vanbrugg derselbe gewesen sein, der in Villstein die Höhle ausgebaut hat. Denn der Baustil und die mechanischen Einrichtungen weisen gewisse stilistische Gemeinsamkeiten auf."

Professor Cardiff murmelte: „So fügt sich langsam, aber sicher ein großes Bild zusammen."

„Eines verstehe ich aber noch nicht", sagte Emy nachdenklich. „Der Schmuggler, der unsere Fähre lahmgelegt hatte – was sollte das überhaupt? Was wollte er an Bord?"

„Hm ... das ist eine gute Frage", nickte Samuel.

Paul hob die Hand und meinte: „Dazu kann ich etwas sagen. Als ich mit Commander Graham den Rettungsplan ausgearbeitet habe, haben wir auch einige Informationen über die Schmugglerbande ausgetauscht. So sind wir auch auf die Sabotage der Fähre zu sprechen gekommen. Der Kapitän der Fähre hat sein Schiff noch einmal gründlich durchsuchen lassen. Er wollte wohl sichergehen, dass nicht noch so eine Überraschung passiert. Dabei wurde zufällig ein Versteck entdeckt, in dem eine Notiz lag: *Übergabe und Zahlung wie immer* stand darauf. Daraus schloss die Polizei, dass die Fähre eine Art Übergabeort für Schmuggelware gewesen sein könnte."

„Aber wieso dann die Sabotage?", fragte Dominik.

„Die Polizei vermutet, dass die Schmuggler irgendwie Wind davon bekommen hatten, dass ihre Yacht gesucht wurde. Sie waren nämlich bereits ins Fadenkreuz der Ermittler geraten. Also konnten sie keinen Hafen anlaufen. Die Schmuggelware musste aber vermutlich schnell weggebracht werden, sonst hätte sie jemand finden können. Da kam ihnen der Nebel wohl gerade recht, und der Schmuggler telefonierte von der Fähre aus und forderte sein Wassertaxi an."

Sie hatten sich alle viel zu erzählen, und so kam der Sonntag, der Tag der Abreise, viel zu schnell.

„Müsst ihr wirklich schon gehen?", jammerte Hailey. „Ich hab mich doch gerade erst an euch gewöhnt. Ihr seid nämlich richtig cool."

„Oh, danke. Du aber auch, Hailey." Sarah knuddelte ihre neue Freundin, und sie versprachen sich gegenseitig, ganz oft zu schreiben.

Dann kam Emy dazu. „Übrigens, ich habe beschlossen, euch die Handys zu schenken. Ihr wart uns so eine unschätzbar große Hilfe, dass wir euch diese Geräte gern als kleines Dankeschön überlassen möchten. So ganz nebenbei dürfte das ziemlich praktisch für euch sein, nicht wahr?"

„Und ob!", nickte Samuel eifrig. „Super! Vielen Dank, Emy!"

Es dauerte nicht mehr lange und Emy mahnte zur Eile, damit Markus und die Kids den Flieger nach Deutschland nicht verpassten.

Auf dem Rückflug lagen alle Jungs gemütlich eingekuschelt in ihren Sitzen und schliefen. Nur Sarah nicht, sie dachte darüber nach, was die Frau auf der Yacht im Bootshaus gesagt hatte. Sie meinte, dass man mit irgendeinem Artefakt aus Zypern die Legende eines Superapostels beenden könne. Sie wandte sich an Markus und wollte ihn befragen: „Sag mal Markus, du kennst dich doch gut in der Bibel aus. Weißt du etwas von einem Apostel, der etwas mit Zypern ...?“

Doch auch er war inzwischen eingeschlafen. So musste ihre Frage noch etwas warten. Aber irgendetwas sagte ihr, dass dies nicht ihr letztes Abenteuer war.

Zum Nachlesen ...

Verzeichnis der im Buch genannten Bibelstellen:

Auf Seite 43 hörst du davon, dass Gott auf dich wartet.
Bibelstelle, Johannes 6,37:

Wer zu mir kommt, den werde ich nicht hinausstoßen.

Auf Seite 47 wird von Gottes großer Rettung für die ganze Menschheit gesprochen.
Bibelstelle, 1. Petrus 2,24:

...der unsre Sünden selbst hinaufgetragen hat an seinem Leibe auf das Holz, damit wir, den Sünden abgestorben, der Gerechtigkeit leben. Durch seine Wunden seid ihr heil geworden.

Auf Seite 52 wirst du zum Beten ermutigt.
Bibelstelle, Lukas 11,10:

Denn wer bittet, empfängt; wer sucht, findet;
und wer anklopft, dem wird geöffnet.
(Wenn du dich Gott ehrlich anvertraust, wird er sich um dich kümmern. Das heißt nicht automatisch, dass jedes Gebet direkt erhört wird, denn Gott ist kein Wunschautomat. Aber kannst du dir vorstellen, dass der allmächtige Gott, der das ganze Universum erschaffen hat, die besten Absichten für dich hegt?)

Auf Seite 194 erfährst du etwas von Gottes Wesen.
Bibelstelle, Lukas 21,33:

Himmel und Erde werden vergehen,
aber meine Worte vergehen nie.

Auf Seite 201 erhältst du einen Einblick in die berühmte Bergpredigt des Herrn Jesus.
Bibelstelle Matthäus 5:

Selig sind, die da geistlich arm sind;
denn ihrer ist das Himmelreich.

Zum Nachforschen ...

Autor: „Als Christ glaube ich daran, dass alles, was in der Bibel steht, von Gott inspiriert und wahr ist. Alles rund um den Orden der Archivare, die sieben Testamente, Sektion13 und den dritten Zeugen ist frei erfunden."

 # Isle of Skye (Insel Skye)
Die „Insel des Nebels" ist ein beliebtes Ausflugsziel in den schottischen Highlands. Hier gibt es wildromantische Landschaften, steile Klippen und vieles mehr.

 # Isle of Iona, Columban
Die Insel Iona befindet sich westlich der Insel Mull in Schottland und gilt an heilige Insel Schottlands. Von hier aus begann Columban etwa 563 n. Chr., das Christentum in Schottland zu verbreiten.

 # Highland Clearances
Im 18./19. Jahrhundert wurden große Teile der damaligen Landbevölkerung (Kleinbauern – Crofters genannt) gewaltsam vertrieben, damit die Großgrundbesitzer riesige Schafherden züchten konnten. Denn Schafswolle war damals sehr begehrt.

 # Pikten, Piktensteine
Als Pikten bezeichnet man ein keltisches Urvolk. Die Römer nannten sie damals „picti" – die Bemalten. Von den Pikten stammen auch die mysteriösen Piktensteine, deren Gravuren und Symbole bis heute nicht ganz verstanden werden.

Das ist frei erfunden:

 # 3DXprint T7
Diesen 3D-Drucker gibt es nicht. Er ist frei erfunden. ;)

 # Landmarkierung mit 3 Punkten (ab Seite 117)
Siehe hierzu nähere Informationen auf unserer Website,
Link: www.testament7.de/tipps/landmarkierung.html

Und so begann es ...

Testament7 (Band 1)
Das Buch der Wahrheit

Gb., 192 S.
ISBN 978-3-86353-582-7
Best.-Nr. 271 582

Testament7 (Band 2)
Das Geheimnis von Villstein

Gb., 192 S.
ISBN 978-3-85810-520-2
Best.-Nr. 271 583

Das Abenteuer geht weiter!

Das Team rund um Paul, Dominik, Sarah und Samuel hat bereits drei der sieben Testamente gefunden. Wenn du wissen möchtest, wie und wann es weitergeht, dann laden wir dich gern ein, auf unserer Website ein wenig zu schmökern. Dort findest du Informationen rund um unser Team, die Stadt Villstein und viele weitere interessante Themen.

Vielen Dank fürs Lesen und bis bald! ;)

Im Internet findest du uns unter:
www.testament7.de

Oder du scannst den folgenden QR-Code mit deinem Smartphone ein: